박현숙

대학에서 러시아어를, 대학원에서 중국 정치를 공부했다.
대학원을 졸업하고 중국으로 어학연수 겸 여행을 떠났다가
당시 중국의 폭발적인 경제 발전과 사회 변화를 목격하면서
중국에 대한 호기심과 관심도 폭발했다. 체류 기간을
연장해서 박사과정을 수학했고, 학교에서 만난 중국인
남편과 아이 둘을 낳고 지금까지 죽 베이징에서 살고 있다.
『오마이뉴스』와 『한겨레21』을 비롯해 다양한 매체의
중국 통신원으로 활동했고, 지금도 여전히 글을 쓰며
중국 관련 소식을 전하고 있다.
2019년 중학생이 된 아이들과 함께 프랑스 파리, 스페인
산티아고로 도보여행을 다녀왔다. 앞으로 종종 더 많은
곳으로 도보여행을 갈 생각이다. 좋은 여행기를 쓰는 것이
꿈이고, 더 나이가 들면 한국으로 돌아가서 '할머니 여행
서점'을 차리겠다는 계획을 품고 있다. 이 서점에서 내가 가장
좋아하고 사랑하는 여행 관련 책을 팔고, 동네 아이들에게
여행과 책 이야기를 도란도란 들려주며, 가끔 멋진 동년배
할머니들과 세계 곳곳을 걸어 보는 '할머니들의 도보 여행
모임'도 만들 생각이다.
역서로 『중국 역사를 뒤바꾼 100가지 사건』, 『백 사람의
십 년』이 있고, 공저로 『3인 3색 중국기』를 썼다.

사람과 책을
잇는 여행

사
람
책
을
과
잇
여
는
행

어느 경계인의
책방 답사로
중국 읽기

박현숙 지음

나만의 빛을 찾아 떠난 짧은 여행의 기록들

1

한때 알래스카에 가려고 했다. 아이 둘을 낳고 육아와 결혼 생활에 지쳐 있었고 맘먹은 대로 살아지지 않는 인생살이가 지겹고 따분했다. 가슴속에 울화가 차오르던 시절, 때마침 베이징 미세먼지까지 연일 최악을 갱신하던 터라 베이징 아닌 곳이라면 어디라도 행복할 것 같았다. 중국에서 가장 공기 좋고 살기 좋다는 윈난성 리장이나 다리 등으로 긴 여행을 가 보기도 했지만 성에 차지 않았다. 더 멀리 달아나고 싶었다. 그즈음 알게 된 곳이 바로 알래스카. 베이징의 한 서점에서 우연히 호시노 미치오의 『영원의 시간을 여행하다』를 만나고부터 나는 알래스카를 사랑하게 되었다.

불곰에게 습격당해 마흔셋에 생을 마감하기 직전까지 자신만의 '빛'인 알래스카를 글과 사진에 담은 호시노 미치오. 스무 살 호시노는 도쿄의 어느 헌책방에서 『알래스카』라는 영문 사진집을 우연히 만났고, 시슈머레프라는 작은 마을의 항공사진에 마음이 출렁였다. 그가 인생의 '빛'을 발견한 순간이었다. 북극해에 있는 황량하기 그지없는 마을을 보면서 "세계의 끝에도 인류가 살고 있는 이유가 몹시 궁금해진" 호시노는 그 마을 촌장에게 편지를 썼다. 알래스카의 대자연과 야생 동물에 관심이 많다고, 시슈머레프에서 한 달쯤 지내보고 싶다고. 겉봉에 "촌장님께, 시슈머레프, 알래스카, 미국"이라고만 쓴 그의 황당한 편지는 여섯 달 뒤에 기적 같은 답장으로 돌아왔다. "언제든지 환영합니다. 여름은 우리가 순록의 뿔을 자르는 계절이니 와서 도울 수 있겠네요." 곧바로 알래스카로 날아가 그곳에서 자신만의 '빛'을 찾으며 살아간 호시노는 또 다른 책에서 이런 말을 했다. "우리는 언제나 각자의 빛을 찾아가는 긴 여행의 도중"이라고.

그가 쓴 여행기를 읽으면서 마음속에 들끓던 울화의

온도가 서서히 내려갔다. 나도 호시노처럼 알래스카의 얼굴도 모르는 어느 마을 촌장에게 편지를 보내 볼까. 머나먼 알래스카로 떠나 평생 숲속 통나무집에서 살면 어떨까. 물고기를 잡고 야생초를 채집해 팔까, 아니면 여행 가이드를 하면서 살아갈까. 마음속 알래스카를 찾아 떠나는 상상만으로도 나에게 찾아온 인생의 권태기는 봄눈 녹듯 사그라들었다. 그리고 나도 나만의 빛을 찾아 새로운 여행을 떠나고 싶어졌다. 호시노가 말했듯이 "중요한 것은 출발"이니까.

2

2017년 봄, 유유출판사 대표로부터 메일 한 통을 받았다. 중국 서점 기행서를 기획하고 있는데 필자가 되어 줄 수 있겠느냐는 문의였다. 망설일 것도 없이 바로 수락했다. 중년의 위기에 빠져 있던 나에게 그 제안은 나만의 알래스카로 출발하는 기회이자 다른 인생을 살아가는 사람들과 새로운 인연을 만드는 계기가 되었다.

첫 취재지인 리장으로 가는 비행기 안에서 생각해 보니, 1999년 여름 끝자락에 처음 중국행 비행기에 올랐을 때 나는 이미 새로운 세계로 가는 긴 여행의 도중이었다. 그때는 물론 몰랐다. 짧으면 반년, 길면 1년을 예상했던 나의 중국 여행은 지금까지 20년째 계속되고 있다.

러시아어를 전공한 내가 중국과 인연을 맺게 된 것은 대학원에서 중국지역학을 공부하면서부터였다. 중국에 호기심이 생긴 나는 졸업 후 톈진으로 짧은 어학연수 겸 여행을 떠나기로 했다. 난카이대학, 톈진대학 등 명문대학을 품은 도시 톈진은 당시만 해도 생활 물가가 베이징이나 상하이의 절반 수준이었다. 가난했던 나에게도 큰 부담이 없어 보였다.

중국행을 결심하고 몇 달 동안 아르바이트를 했지만 목표 금액을 모으기란 생각만큼 쉽지 않았다. 고심 끝에 주변 지인들에게 삐삐 메시지를 보냈다. "10년 뒤에 두세 배 이자를 쳐서 갚아 주겠다. 나에게 5만 원만 투자해 달라. 내 미래에 투자해 달라"는 내용이었다. 아무런 기대 없이 보냈던 그 사기성 농후한 메시지는 뜻밖에도 많은 호응과 격려로 돌아왔다. 하얀 봉투에 5만 원을 넣어 주며 밥과 술까지 사 준 친구들과 선후배는 나의 불투명한 미래를 믿어 준 첫 번째 인생 투자자였다.

들어가는 글

그런데 나의 중국행은 뜻밖에도 장기 거주가 돼 버렸다. 톈진에서 1년 반쯤 기본적인 중국어를 공부한 다음 베이징에 있는 중국사회과학원에서 중국 정치 박사 과정을 시작했는데 거기서 중국인 남자 친구를 사귀게 되었다. 그리고 그는 나의 중국인 남편이 되었다. 결혼과 동시에 중국에 정착하게 됐고 언제 한국으로 돌아갈지 모르는, 또 다른 인생 여행이 시작된 것이다. 그리고 어느덧 20년이라는 세월이 흘렀다. 그사이 나는 두 아이를 낳았고 육아와 이런저런 경제 활동으로 학업은 채 마치지 못했다.

그동안 중국에도 많은 변화가 있었다. 처음 왔을 때만 해도 중국은 이제 막 잠에서 깨어난 새끼 용이었다. 거리에는 자전거 물결이 흘러넘쳤고 인민폐는 한화와 달러에 비해 한없이 약한 존재였다. '한국인'이라는 말만 해도 중국인들은 나를 에워싸고 '잘사는 나라' 이야기를 들려 달라며 온갖 부러움과 동경을 숨기지 않았다. 하지만 2008년 베이징 올림픽을 전후해서 중국과 세계의 관계는 역전되었고, 나를 부러워하던 중국인들은 이제는 감히 쳐다보지도 못하는 갑부가 되었다. 세계는 인민폐의 위력에 겁을 먹었고, 중국은 이제 미국과 대등하게 겨루는 거대한 용이 되어 세계 정치경제를 쥐락펴락한다. 중국이 오랜 잠에서 깨어나면서 국제 관계의 질서가 변했다. 이제는 모든 나라가 좋든 싫든 중국이 만들어 가는 새로운 질서 속으로 편입되고 있다. 운 좋게도(?) 나는 지난 20년간 중국에서 벌어진 이 '거대한 변환'의 과정을 생생히 지켜봤다.

중국이 천지개벽할 변화를 겪는 동안 나의 삶은 오히려 퇴보에 가까운 행보를 했다. 결혼, 출산, 육아를 하다 보니 어느덧 세월이 훌쩍 지나 있었지만 나는 아내와 엄마가 된 것 말고는 아무것도 이룬 일이 없었다. 물론 그것이 인생의 가장 큰 수확이자 행복일 수도 있겠지만, 20년 전 나의 미래에 투자했던 지인들에게 갚아야 할 이자는 눈덩이처럼 불어났고 원금조차 갚지 못했다. 그사이에 벌써 먼 나라로 돌아오지 못할 긴 여행을 떠난 이들도 있다. 그들에게는 이제 빚을 갚을 방법이 없다. 다른 이들은 이미 오래전에 그 사실을 잊었거나 애초부터 사기라는 걸 알면서도 불쌍해서 속아 줬을 것이다. 이 책은 내 마음속에 오랫동안 켜켜이 쌓여 있는 그 묵은 빚을 갚아 나가는 작은 시작이기도 하다.

집필을 제안받고 시간 나는 대로 중국 곳곳을 돌아다

니며 여러 서점을 취재하고 많은 사람을 만났다. 그리고 그 이야기들을 모아서 2019년 초부터 시사주간지 『한겨레21』에 '중국 서점 기행'이라는 제목으로 1년간 연재했다. 지금 다시 읽어 보니 참 많이 낯부끄럽고 부족하다. 늘 마감이 닥쳐서야 허겁지겁 원고를 쓰며 하늘이라도 무너져 내려 내일 마감일이 오지 않았으면 했는데, 이제 책으로 묶여 나온다는 사실이 부끄러워 지구 저 끝으로 도망이라도 가고픈 심정이다. 매사가 그렇지만 그때 좀 더 잘 쓰지 못했다는 후회는 지금도 마찬가지다. 그래도 감사해야 할 사람들은 차고 넘친다. 나를 서점 여행으로 이끌어 준 유유출판사와 이 글의 첫 독자였던 『한겨레21』 구둘래 기자 그리고 20년 전 나에게 '5만 원'을 선뜻 투자해 줬던 이들에게 가장 큰 고마움을 전하고 싶다.

3

양저우의 벤청수뎬을 취재하고 돌아오던 여름날, 갑자기 후드득 비가 쏟아졌다. 숙소로 부리나케 뛰어오다가 문득 이런 생각이 들었다.

'나는 왜 그들처럼 살지 못하는 걸까?'

'그들'이란 내가 만난 수많은 서점 주인이다. 그들은 '책을 팔아 먹고살기 위해서'라기보다는 오랫동안 품어 왔던 열망과 소망을 이루고자 서점을 열었다. 그리고 책을 통해, 책과 사람을 연결해 주는 서점을 통해 우리가 사는 오늘과 내일의 세계를 좀 더 따뜻하고 살 만하게 만들고 싶어 했다. 우리가 여행을 떠나는 이유도 그러하지 않은가. 우리는 여행을 통해 다른 세계와 다른 사람을 만나면서 그래도 세상에는 아직 살아갈 만한 온기와 희망이 남아 있다는 사실을 발견한다.

사람이 여행을 떠나 새로운 땅의 풍경을 자신의 것으로 만드는 데는 결국 누군가의 개입이 필요한 것이 아닐까? 아무리 많은 나라를 간다 해도, 지구를 몇 바퀴 돈다 해도 그것만으로 넓은 세계를 느낄 수는 없다. 누군가와 만나고 그 사람이 좋아졌을 때에야 비로소 풍경은 넓어지며 깊이를 갖게 된다.
— 호시노 미치오, 『긴 여행의 도중』에서

나도 이 말을 조금 바꿔 여러분께 전하고 싶다. "중국을 아무리 많이 가 보고 돌아다닌다고 해도 그것만으로는 넓은 중국을 느낄 수 없다. 누군가를 만나고 알게 되고 그들이 좋아졌을 때에야 비로소 중국이라는 풍경이 넓어지고 깊어진다."

내가 발견한 새로운 중국의 풍경이 여러분께 조금이라도 더 가까이 전해지기를. 또한 그들처럼 우리도 자신만의 '빛'을 찾는 여행을 할 수 있기를. 중요한 것은 출발이다.

2020년 11월 마지막 날,
초겨울 베이징에서

①⑪ 리장

쿤밍⑩

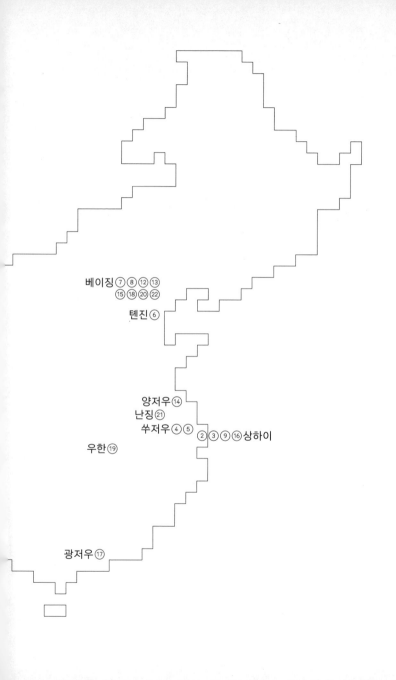

베이징 ⑦⑧⑫⑬
⑮⑱⑳㉒

톈진 ⑥

양저우 ⑭
난징 ㉑
쑤저우 ④⑤
②③⑨⑯상하이

우한 ⑲

광저우 ⑰

어둠 속에서 빛을 기다리는 남자의 서점

☞ 윈난성 리장 밍이수팡

나는 1969년 상하이에서 태어났습니다. 부모님이 학자 출신이고 집에 책이 많아서 아주 어릴 때부터 책 읽기를 좋아했죠. 중학교 때 부모님이 모두 국비 장학생으로 외국 유학을 떠났습니다. 조부모님께 맡겨진 나는 하루 종일 시시껄렁한 책이나 읽으며 사춘기를 보냈습니다. 학교 성적도 자연스레 떨어졌고요. 결국 쓰촨성 청두에 있는 대학 회계학과에 합격해 고향 상하이를 떠나게 되었습니다.

1989년 6·4 톈안먼(천안문) 사건의 영향으로 상하이로 돌아가지 못하고 청두의 국영 무역회사에 취직해 평범한 나날을 보냈습니다. 그러다 1990년대 초에 주식제가 도입됐습니다. 당시 쓰촨에는 주식을 휴지 조각으로 여기는 사람이 많았지만 난 가족들에게 경제적 도움을 받아 주식을 사기 시작했죠. 그리고 1993년 주식 투자로 인생의 첫 종잣돈이라 할 수 있는 100만 위안(현재 환율로 약 1억7천만 원)을 손에 쥐었답니다. 스물일곱에 증권 시장의 큰손 개인 투자자가 되자 이 세계의 고수가 된 듯했어요. 다른 사람들은 다 바보같이 보였죠.

1994년 대학 동기이자 첫사랑인 아내와 결혼했습니다. 우리는 모두에게 부러움을 사는 한 쌍이었죠. 1998년 국유 기업 개혁이 시작되자 나는 자진해서 명예퇴직을 하고 전업 주식 투자자가 되었습니다. 그런데 2000년 11월, 만삭의 아내가 교통사고로 세상을 떠났습니다. 설상가상으로 이듬해 7월에는 주가가 폭락했고요. 증권사에서 내 계좌를 강매해 버리는 바람에 나는 '장외인'이 되었지요. 한순간에 그저 산송장이나 다를 바 없는 존재가 되고 만 겁니다.

나는 상처뿐인 도시 청두를 뒤로하고 유랑 생활을 시작했습니다. 그러다 2002년 5월 윈난성에 이르렀고 지금까지 죽 이곳 리장에서 살고 있습니다. 처음에 자리 잡은 리장 고성과 수허 마을은 갈수록 상업화되었습니다. 술집에서 온종일 울려 대는 음악 소리가 산 중턱에 있는 집 안까지 날아들었고, 농사짓고 말을 몰던 이웃 나시족들도 장사꾼으로 변해 갔지요. 그래서 몇 년 전에 북쪽으로 올라가 더 조용한 바이샤 마을 위쪽에 터를 잡았습니다. 이곳에서 차츰 안정을 찾은 나는 오랫동안 꿈꾸던 서점을 차렸지요.

라오서의 소설 『차관』茶館에 "나는 대청국大淸國을 사랑하며 그것이 망할까 두렵습니다"라는 구절이 있습니다. 서점을 차린 것도 바로 그런 이유였습니다. 나는 책을 사랑하는데 세상의 모든 서점이 망할까 두려웠고, 서점들이 망해 간다는 느낌이 들었어요. 그래서 서점 이름도 밍이明夷라고 지었죠. 『주역』의 제36괘로 '암흑 속에서 광명을 기다린다'는 뜻입니다. 나 자신뿐 아니라 책에도 딱 들어맞는 의미였죠.

우리 서점에서는 아침부터 저녁까지 자리 잡고 앉아서 마음대로 책을 읽어도 됩니다. 심지어 잠도 잘 수 있어요. 책 얘기를 나누고 싶어 하는 손님에게는 최선을 다해 대화

상대가 되어 드립니다. 음료나 간식, 문구, 여행 상품 등은 팔지 않습니다. 앉아서 책을 읽는 손님에게는 차 한 잔을 대접하고 때로는 마당에서 딴 열매나 호두 같은 것도 내놓는답니다.

리장에 자리 잡은 이유는 이곳의 파란 하늘과 흰 구름을 좋아하기 때문입니다. 리장은 푸른 산과 맑은 물이 있는 곳, 한여름 혹서도 한겨울 혹한도 없는 곳이지요. 생활은 단순하지만 규율이 있답니다. 나는 겨울에만 장작을 패고 말은 (기르고 싶지만) 기르지 않으며 여행은 거의 하지 않습니다. 눈을 뜨면 설산이 보이고 따뜻한 봄에는 꽃들이 만개합니다. 오전에는 주변의 들과 산을 달리고 오후에는 책을 읽고 밤에는 인터넷을 하거나 온라인 서점에서 책을 고르는 게 하루 일과입니다. 지금의 내 상태는 카뮈가 『시시포스의 신화』에서 말한 바와 비슷합니다. 희망을 잃었다고 해서 반드시 절망하는 것은 아닙니다.

◆

할인율 높기로 소문난 중국의 한 온라인 서점으로 어느 날 단골 고객의 편지가 날아들었다. 그 남자의 편지는 서점 애호가 사이에 잔잔한 화제를 몰고 왔다. 한동안 크고 작은 서점·책 관련 매체와 여행 잡지 기자들이 그 남자의 서점을 취재하러 왔고, 그동안 손님이 거의 없던 서점 내 객잔(숙박 시설)에도 소문을 듣고 사람들이 찾아왔다. 나도 그 편지를 읽자마자 바로 리장행 비행기를 탔던 팬 가운데 한 사람이다.

윈난성 리장에는 위룽玉龍이라는 설산이 있다. 1년 내내 녹지 않는 하얀 만년설로 뒤덮인 산봉우리가 용이 승천하는 모습과 닮아서 붙은 이름이다. 해발 5천 미터가 넘는 설산 밑에는 이 지역 원주민인 나시족이 모여 사는 마을들이 흩어져 있다. 밍이수팡明夷書坊이 있는 바이샤 마을도 그중 하나였다.

돌담이 빙 둘러쳐진 그 남자 닝융의 서점은 작은 객잔을 겸한다. 객잔을 관리하는 사람은 칠순을 갓 넘긴 슝마오아이('판다 아줌마'라는 뜻으로 손님들이 붙여 준 별명이다). 퇴직하고 리장에서 노년을 보내고 싶었던 슝마오아이는 수허 마을에서 알게 된 닝융과 의기투합해 바이샤 마을에 정착했다.

슝마오아이는 구이저우성에 있는 지방 국유은행에서 은행장까지 지낸, 이른바 '지식 여성'이다. 하지만 그녀가 살아온 인생은 행복하다고만은 할 수 없다. 문화대혁명 당시 '반혁명분자' 집안 출신이었던 탓에 정치적 딱지가 붙은 그녀는 사랑하는 사람과 헤어질 수밖에 없었다. 자신처럼 처지가 불우했던 철도 노동자와 결혼해 아이들을 낳고 결혼 생활을 버텨 왔지만 끝내 이혼했다.

그 와중에 슝마오아이의 재능을 안타깝게 여긴 고등학교 은사의 권유와 도움을 받아 뒤늦게 대학에 들어갔고, 마침 개혁·개방을 맞이한 중국의 정치·경제적 변화 덕분에 그녀의 삶도 다소 순탄해졌다. 하지만 인생이란 끊임없는 생사 이별의 반복인 걸까. 초등학교 4학년이던 막내아들이 하굣길에 교통사고를 당하고 말았다. 직장에 있던 슝마오아이가 달려갔을 때 아들은 이미 싸늘한 주검이 돼 있었다. 엄마를 기다렸는지 눈도 감지 못한 채. 이 대목에서 슝마오아이는 오열했다. 자식의 죽음에는 아무리 긴 세월이 흘러도 눈물이 마르지 않는다며.

저녁이 되자 온몸에 문신을 한 껑다리 청년 한 명이 나타났다. 서른을 갓 넘긴 청년은 마오마오猫(고양이)라는 별명으로 자신을 소개했다. 문신 중독자이자 나이키 신발 광신자, 연애 중독자라는 그는 서점 내 객잔에서 장기 투숙을 하며 바이샤 마을 어귀에서 작은 카페를 운영하고 있었다.

아직까지 리장에서 자신이 만든 커피보다 더 맛 좋은 커피를 마셔 보지 못했다는, 자칭 '커피 장인'인 고양이 청년에게도 뜻밖의 반전 스토리가 있었다. 그의 전직은 놀랍게도 치과 의사. 고향인 광시성 난닝에서 치과대학을 나와 한동안 치과 의사로 일했지만 종일 냄새나는 남의 입속이나 들여다보는 일이 적성에 맞지 않았다. 평생을 이렇게 살려니 끔찍한 생각이 들어 미련 없이 때려치웠다고. 그 뒤 자유로운 인생을 찾아 여기저기 배회하다 리장에 정착해서 자신의 별명을 딴 마오 카페를 열었다.

밍이수팡이 있는 바이샤 마을을 포함해 리장의 여러 마을과 인근 다리 지역 등 윈난성 곳곳에는 중국 내부에서 망명 온 듯한 이들이 그들만의 작은 세계인 '망명촌'을 형성해 살아간다. 그들은 객잔이나 식당, 카페 등을 운영하며 작은 부락을 이룬다. 대부분 억압적인 '빅브라더'가 지배하는 사회, 금전 만능주의가 판을 치는 초소비·초현대 사회로 탈바꿈한 오늘날 중국 체제와 타협하지 못하는 망명자들이다.

이곳에서는 서로의 과거를 캐묻거나 알려고 하지 않는다. 타인의 사생활을 놓고 왈가왈부하는 것은 금기다. 40대 중반의 독신 여성이 아이를 낳아도 아이 아빠가 누구인지 입방아를 찧거나 궁금해하지 않는다. 마을 사람들은 적당한 거리를 유지한 채 서로 도우며 살아간다. 그저 마음이 맞고 대화가 통하면 그걸로 족하다. 여기에선 빅브라더를 찬양하거나 체제 옹호 발언을 해서는 안 된다. 모두가 싫어하는 일이다.

"톈안먼 사태 이후 중국인들은 한때 유행했던 대중가요 가사처럼 '과거를 말살당하고 오직 소비자로서만 존재 가치가 있는 삶'을 강요당하고 있어요. 눈뜨면 돈 벌고, 먹고, 자고, 소비하는 삶만이 인정되죠. 중국 사회에서 생각하는 일은 범죄랍니다. 하지만 중국의 비극은 아직 시작되지 않았어요. 진정한 비극은 그 뒤에 따라올 문제들이에요. 개인으로서 나는 이런 세상에 딱히 저항할 방법이 없군요. 그저 물끄러미 창밖을 보다가 설산에서 불어오는 바람 소리를 들으며 책을 읽고 산길을 달리는 게 내가 저항하는 방식이려나요. 참으로 구차하게 살고 있는 거죠."

그 남자의 외딴 서점은 지금도 사시사철 꽃이 피고 만년 설산이 바다처럼 눈앞에 활짝 펼쳐진 마을에 고요히 엎드려 있다. 어둠 속에서 빛을 기다리면서.

덧붙이는 말. 밍이수팡을 운영하던 닝용은 여러 가지

사정으로 2019년에 바이샤 마을을 떠나 리장 시내에 새로이 터를 잡았다. 지금도 그는 날마다 설산을 달리고 책을 읽으며 지낸다. 밍이수팡은 새로운 주인을 맞아 계속 운영되고 있다. ○

열었다 닫았다 여는 시집

☞ 상하이의 시 전문 서점 카이비카이스지

지독히도 가난하던 시절이 있었다. 세 들어 살던 베이징 집 근처 농민공 식당에서 5위안(당시 환율로 600원쯤)짜리 볶음밥 하나를 사서 점심에 절반을 먹고 나머지 절반은 저녁에 먹었다. 가장 자주 갔던 곳은 집 근처 대형 마트. 무료 시식 코너가 있어서가 아니라 그곳 3층인가에 작은 서점이 있었기 때문이다. 지금 생각하면 베스트셀러 몇 권에 자기계발서나 돈 버는 방법에 관한 책이 대부분이던 조악하기 짝

이 없는 서점이었지만, 가난한 내가 그나마 무료하지 않게 시간을 보낼 수 있는 행복한 공간이었다.

비바람 불던 어느 날, 톈진에 사는 중국 친구에게 전화가 왔다. 눈물 콧물 질질 짜며 쏟아 놓은 녀석의 신세 한탄 요지인즉, (나와도 자주 만났던) 애인에게 차였다는 것이었다. 먼저 졸업해서 학교 교사로 취직한 애인이 같은 학교 동료를 사랑하게 되었다며 헤어지자고 통보했단다. 더 충격적인 사실은 그 동료 교사가 아이 있는 유부남이었지만 애인은 그래도 상관없다며 결연하게 이별을 고했다고.

"누나, 나 괴로워 죽을 것 같아. 지금 당장 기차 타고 베이징 가서 누나랑 퍼마셔야겠어. 여기서는 미칠 것 같아. 그래도 되지? 나 간다, 두세 시간만 기다려⋯⋯."

전화를 끊고 집을 대충 치운 다음, 실연당한 그 녀석과 밤새도록 퍼마실 술을 사러 집 근처 대형 마트로 향했다. 하지만 마트에 도착해서야 지갑 속에 50위안밖에 없다는 사실을 알아차렸다. 맥주 몇 병과 싸구려 바이주 한 병을 사면 나는 내일부터 5위안짜리 볶음밥조차 사 먹을 수 없다는 슬프고도 슬픈 현실이 얄팍한 지갑 속에 들어 있었다.

나는 고르던 맥주병을 놓고 3층으로 올라갔다. 문 닫을 시간이 다 되어서인지 3층은 유난히 한산했다. 그곳에서 잠시 선택을 미루고 이 책 저 책 만지작거리며 머릿속으로는 술과 볶음밥을 생각했다. 그러다 우연히 눈에 띈 시 한 구절.

까만 밤은 나에게 까만색 눈을 주었지만
나는 그 눈으로 광명을 찾는다네.

구청이라는 중국 시인의 시집이었다. 그날 밤, 나는 마트 영업이 끝날 때까지 계속 그 자리에 서서 구청의 시를 읽어 내려갔다.

♠

그곳에는 간판이 없었다. 온 거리를 몇 번이나 돌아도 서점 간판을 찾을 수 없었다. 아는 건 오직 '사오싱루 80번지'라는 주소뿐이었다. 결국 전화를 걸었다. 전화를 받은 남자가 아주 쉽게 찾을 수 있는 곳이라며 위치를 대강 설명해 주더니 문 앞에 와서 기다리라고 했다. 물어물어 겨우 80번지를 찾아 문 앞에서 다시 전화를 걸자, 바로 눈앞에서 목소리가 들렸다.

"여기요, 여기!"

마당에 앉아 담배를 피우던 두 남자가 멀리서 온 낯선 손님을 반갑게 맞았다. 서점 주인 황성과 그의 친구 저스틴 홍이었다.

"여기가 바로 당신이 찾던 그 서점이에요."

두 사람은 문을 열어 나를 서점으로 안내했다.

"사오싱루에 있는 독립 서점은 대부분 간판이 없어요. 예전에는 문 앞에 서점 간판을 내걸었는데 어느 날 거리관리위원회에서 미관을 해친다며 철거하라지 뭐예요. 정말 말도 안 되는 빌어먹을 핑계죠. 간판 하나가 무슨 거리 미관을 해친다고. 그냥 우리 같은 작은 독립 서점 간판이 사람들 눈에 띄는 게 싫은 거죠. 저기 상하이 출판국이나 상하이 문예출판사 건물 앞에는 대문짝만 한 간판을 달아도 아무 말 안 하면서. 돈 없고 빽 없는 나 같은 작은 서점 주인이 어떻게 정부에 항의할 수 있겠어요? 그것도 '시진핑 신시대 중국 특색 사회주의 사상'으로 새롭게 포장된 나라에서. 하하하! 그래도 아는 사람은 어떻게든 다 찾아와요. 외국인인 당신도 이렇게 찾아왔잖아요. 베이징에서 사는 건 어때요, 괜찮아요? 사람들은 상하이가 중국의 경제·금융 중심이고 상하이 사람들은 돈 버는 일에만 관심 있는 속물이라고 욕하지만, 난 베이징이 더 숨 막혀요. 그렇게 답답한 곳에서 어떻게 살죠? 거기에 누가 살고 있는지 알죠? 그래서 더 숨 막히고 답답해요! 차라리 돈밖에 모르는 속물들이 모인 상하이가 더 나아요. 적어도 위선적이진 않거든요."

어딘지 모르게 시인 구청의 쌍꺼풀 진 '까만 눈'을 닮은 서점 주인 황성이 줄담배를 피우며 간판 없는 서점에 얽힌 울화통 터지는 사연을 연기처럼 줄줄이 뱉어 냈다.

사오싱루는 500미터도 안 되는 작은 거리지만 이곳에 담긴 역사와 사연은 500년 세월만큼이나 길고 풍부하다. 특히 근대 이후 사오싱루의 역사는 상하이의 작은 역사나 마찬가지다. 양쯔강 하구의 작은 어촌에 지나지 않던 상하이가 서구 열강의 식민지 지배를 받으며 급속도로 서구화되고 현대화된 상업 중심 도시로 변했듯이, 사오싱루 역시 식민지 조계지와 중화민국 시절을 거치며 상하이에서 가장 문화적인 거리로 탈바꿈했다.

상하이에는 두 가지 모습이 있다. 아름드리 오동나무가 줄지어 우거진 옛 프랑스 조계지 거리를 중심으로 오래된 골목들이 이어진 올드 상하이, 둥팡밍주와 와이탄으로 상징되는 마천루와 최첨단 글로벌 금융센터가 몰려 있는 현대적인 상하이. 눈먼 관광객은 대부분 둥팡밍주 꼭대기에 올라 와이탄과 황푸강을 낀 상하이 전경을 둘러보고, 와이탄과 신스제 백화점 주변에서 먹고 마시다가 사라진다. 하지만 그들이 절대 모르는 상하이의 진면목은 오동나무가 우거진 옛 조계지 거리에 담겼다. 상하이의 역사를 품은 곳, 그중에서도 사오싱루는 가장 시적이고 서정적인 거리다. 크고 작은 출판사와 서점이 빼곡하게 들어차 있으며, 우리가 한때 가장 사랑했던 홍콩 배우 장국영의 추억이 서린 곳.

　　2015년 12월 24일 크리스마스이브, 사오싱루 80번지에 시 전문 서점이 문을 열었다. 카이비카이스지開閉開詩集, '열었다 닫았다 여는 시집'이라는 뜻으로 이스라엘 시인 예후다 아미하이의 시집 제목에서 따온 이름이다. 10여 평 공간에 시중에서 구하기 힘든 오래된 시집과 절판된 시집이 사방 벽을 가득 메우고 철학과 문학 서적도 갖추고 있다. 얼핏 보면 늘 닫혀 있는 것 같지만, 실은 시를 사랑하는 사람이라면 누구에게나 열린 공간이다. 일주일에 한 번씩 시를 사랑하는 사람들이 모여 시 낭독회를 열고, 함께 영화도 보고 밤새도록 같이 시를 쓰기도 한다. 술을 마시고 담배를 피워도 된다. 황성의 서점은 가난한 시인의 시 창작 공간

같은 분위기가 강하다. 손님도 책을 사러 오는 이들보다는 시를 사랑하는 주인장의 친구들이 대부분이다. 그들은 밤새 술잔을 앞에 두고 시와 철학, 중국이라는 '죽은 시인의 사회'에 대해 이바구를 떨다가, 새벽이 되어서야 서점 구석 소파에 널브러져 잠이 들거나 각자 집으로 흩어진다.

황성과 저스틴 홍과 함께 오만 가지 화제로 세 시간 남짓 수다를 떨다가 술을 마시러 가자고 했다. 어느덧 뉘엿뉘엿 해가 떨어지고 있었다. 오동나무 사이로 걸린 사오싱루의 홍등에도 하나둘 불이 켜질 시간이었다. 잠시 머뭇거리던 황성이 일어나 앞장서더니 단골 식당으로 데려갔다. 적당히 허름한 그곳에서 익숙한 요리 몇 가지를 시킨 황성은 잠깐 어디 좀 다녀오겠다며 사라지더니 20분쯤 지나 참이슬 한 병을 사 들고 나타났다. 한국 드라마를 보니 한국 사람들이 소주를 좋아하는 것 같다면서.

밤이 익으면 술자리도 깊어지는 법. 마시고 먹고 또 마시며 웃고 떠들다 보니 어느새 그가 불러 모은 괴짜 친구 몇 명이 더 나타나 있었다. 역시 사오싱루에서 철학 전문 서점을 하는 친구, 만화에서 막 튀어나온 펑크록 가수 같은 화가 친구. 나중에 여행 사진을 찍는 떠돌이 친구도 소문을 듣고 달려왔다.

시간이 꽤 흘렀다. 한국식으로 "2차 가자"고 외치며 식당을 나서려던 순간, 그만 황성의 지갑을 보고 말았다. 기분 좋게 취해서 "계산은 내가 한다"며 일어나 계산대로 간 그의 지갑 속에는 100위안 한 장과 10위안 두세 장뿐이었다. 지독히도 가난했던 지난날 내 지갑 속 가난의 액수와 비슷했다. 지갑을 탈탈 털어도 밥값이 모자랐지만 그 돈마저 다 내 버리면 그는 내일 먹을 볶음밥조차 사 먹을 수 없을 것이다. 나는 얼른 그의 손을 치웠다.

"오늘 보자고 한 건 나니까 이건 내가 사야 하는 밥이야. 다음에 상하이에서 또 만나면 그때는 당신이 사!"

2차 자리는 다시 그의 서점이었다. 탁자를 밀고 둘러앉아 밤새 맥주를 마셨다. 술에 취한 철학 서점 주인장이 보들레르의 시를 낭독하자 듣다 지친 화가 친구가 기타를 꺼내 존 레논의 노래를 메들리로 불러 댔고, 급기야 다들 일어나 덩실덩실 춤을 췄다. 황성이 길에서 데려와 '레닌'과 '보들레르'라고 이름 붙인 고양이 두 마리가 '까만 눈'을 치켜뜨고 그 모습을 가만히 지켜보았다.

"이제 여러분은 생각하는 법을 다시 배우게 될 거야. 말과 언어의 맛을 배우게 될 거야. 누가 무슨 말을 하든지 말과 언어는 세상을 바꿔 놓을 수 있어. 시는 아름다워서

② 언제나 열린, 시 애호가들의 낙원

쓰는 것이 아냐. 인류의 일원이기 때문에 시를 읽고 쓰는 거라고."

그날 밤, 영화 『죽은 시인의 사회』에서 로빈 윌리엄스가 연기했던 키팅 선생이 사오싱루에 나타난 듯한 착각이 들었다. 시를 낭독하고 노래를 부르고 춤을 추는 그들은 떠나가는 키팅 선생을 향해 "캡틴, 오 마이 캡틴"을 외치며 '죽은 시인의 사회'를 애달파하는 남겨진 키팅의 제자들이었다.

♠

비바람 몰아치던 오래전 그날 밤, 나는 실연당한 친구와 함께 마실 술 대신 다음 날 먹을 볶음밥을 선택했다. 기차역에서 또다시 버림받은 불쌍한 그 녀석도 10여 년이 흐른 뒤에는 렉서스를 몰고 고급 주택을 샀다. 그사이 이혼과 재혼을 반복하며 '사랑 따윈 난 모른다'고 했지만, 몇 년 전 서울에 놀러와 명동 거리에서 막걸리를 함께 마시던 녀석이 '까만 눈'을 치켜뜨고 말했다.

"누나, 그거 알아? 내가 그날 밤 베이징역에서 얼마나 울었는지. 비바람은 몰아치고 누나는 연락이 안 되고. 실연당한 사랑만큼이나 세상에 믿을 사람도 없다는 것을 알았지. 누나 미워!"

덧붙이는 말. 카이비카이스지 서점은 이제 문을 닫았다. 경영 악화와 코로나19 영향 등으로 서점을 정리한 황성은 지금 대형 서점에서 아르바이트를 하고 있으며, 임시로 작은 공간을 얻어 야간에만 문을 여는 헌책방을 운영한다.

그 시절 장국영이 사랑했던 서점

☞ 상하이 사오싱루의 한위안수뎬

"엄마, 그거 알아? 2003년 중국에 사스라는 전염병이 돌았대. 그래서 사람이 아주 많이 죽었대. 베이징에 있는 학교들도 다 문 닫고 공부를 안 했대. 그건 좀 부럽더라. 지금은 공기가 오염됐을 때만 마스크를 쓰지만 그때는 집에서도 밥 먹을 때만 빼고는 다 마스크를 쓰고 살아야 했대. 우리 선생님이 그러는데 사스 걸려 죽을까 봐 엄청 무서웠대. 엄마는 그때 뭐 하고 있었어?"

초등학교에 다니는 아들 녀석이 집에 오자마자 가방도 내려놓지 않은 채 다급하게 쏟아 놓은 긴급 속보다. 까맣게 잊었던 기억 속 한 장면이 영화 스틸사진처럼 한 컷 한 컷 뇌리를 휘젓기 시작했다.

그런 시절이 있었다. 2003년, 중국에는 사스라는 무시무시한 전염병이 퍼졌다. 사람들은 목숨을 지키기 위해 방 안에 틀어박혀 숨죽이며 살아야 했다. 나도 목숨을 부지하고자 종일 베이징 집 안에 처박힌 채 DVD 플레이어를 밤낮으로 끼고 살았다. '한국인은 김치와 마늘을 많이 먹기 때문에 사스에 특히 강한 면역력을 보이는 민족'이라고 떠들어 대는 중국 언론 보도를 본 뒤로는 삼시세끼가 김치찌개·김치볶음·김치볶음밥 같은 온갖 김치 요리였으며 간식으로는 생마늘 두세 쪽을 된장에 찍어 먹었다. 그 시절 중국에서 살았던 우리는 모두 '산다는 것'은 '살아남는 것'이라고 믿었다.

그날도 나는 살아남기 위해 신김치를 볶아 생두부에 얹어 먹으며 오늘은 무슨 영화를 볼까 고민하고 있었다. 그때 마침 걸려온 친구의 전화.

"너 뉴스 봤어? 장국영이 죽었대! 홍콩 어느 호텔에서 뛰어내려 자살했대. 이거 진짜냐?"

③ 새장은 텅 비었고 철새들은 떠나 벼렸네

그날은 4월 1일, 만우절이었다. 그렇게 거짓말처럼 장국영이 죽었다. 사스에 걸리지도 않은 그가 왜 스스로 죽어야만 했는지 도무지 알 길이 없었다. 살아남기 위해 날마다 김치와 마늘을 먹으며 두문불출, 동굴 속 곰처럼 살아가던 나에게 장국영의 죽음은 사스보다 더 치명적인 충격으로 다가왔다. 나뿐 아니라 우리 모두에게 다 그랬다. 장국영이 죽다니!

다리 없는 새가 살았다. 이 새는 나는 것 말고는 알지 못했다. 새는 날다가 지치면 바람에 몸을 맡기고 잠이 들었다. 이 새가 땅에 몸이 닿는 날은 단 하루, 자기가 죽는 날이다.

왕자웨이(왕가위) 감독의 영화 『아비정전』에 나오는 유명한 말이다. 그 '다리 없는 새'는 영화 속에서 '아비'로 나오는 장국영이다. 영화 밖 현실의 삶에서도 장국영은 아비와 비슷한 다리 없는 새였다.

아내가 둘인 홍콩 유명 재봉사의 열 남매 가운데 막내아들로 태어난 장국영은 영화 속 아비처럼 어릴 때부터 늘 사랑을 갈구해 온 외로운 아이였다. 아비는 생모에게 버림받고, 사랑하는 여인한테도 버림받을까 봐 늘 먼저 버리고 떠나는 바람둥이다. 장만위(장만옥)가 연기한 수리진을 꼬시려고 매일 오후 3시 그녀가 일하는 곳으로 찾아가는 아비. 그리고 잊을 수 없는 영화 속 명대사.

"1960년 4월 16일 오후 3시 1분 전에 너는 나와 함께 있었어. 이 1분 때문에 너는 나를 영원히 기억하게 될 거야……."

어디 그뿐인가. 러닝셔츠와 트렁크팬티만 입은 채 「마리아 엘레나」에 맞춰 멋들어지게 맘보를 추는 장국영의 모습은 꿈속에서라도 다시 보고 싶은 애틋한 명장면이다.

장국영이 죽던 날, 뭐라 표현할 수 없는 멍한 상태로 종일 신김치볶음에 맥주를 마시며 『아비정전』을 봤다. 어머니를 찾아 필리핀까지 간 아비에게 어머니는 끝내 얼굴조차 보여 주지 않는다. 분노로 두 주먹을 움켜쥔 채 숲속을 터벅터벅 걸어가던 아비의 뒷모습은 맘보를 추는 장면만큼이나 오랫동안 기억에 남았다.

"날 장국영이라고 부르지 마, 전설이라고 불러 줘. 난 전설이 될 거야. 난 전설이 돼야 한다고."

존 파워스가 쓴 책 『왕가위』를 보면, 장국영은 생전에 전설이 되고 싶어 했다. 농담이 아니라 정말로 그는 스스로 전설이 되고 말았다. 2003년 4월 1일, 한 마리 다리 없는

③ 새장은 텅 비었고 철새들은 떠나 버렸네

새가 날다 지쳐 땅에 몸을 눕힌 날. 그의 인생 시계가 멈춘 날마다 우리는 영원히 장국영을 기억하게 되었다.

장국영이 그리운 사람들은 홍콩으로 간다. 특히 매년 4월 1일 홍콩은 장국영을 추모하는 전 세계 팬들의 성지가 된다. 하지만 그를 그리워하는 건 그가 살았던 홍콩의 사람들과 전 세계 팬들만이 아니다. 상하이의 옛 프랑스 조계지 거리 사오싱루에도 그를 그리워하는 이가 많다. 중국에 살면서 홍콩까지 갈 형편이 안 되거나 상하이에 사는 팬들은 사오싱루에 와서 그의 흔적을 더듬고 추모하다 간다.

상하이 사오싱루 27번지에는 '장국영 서점'이라 불리는 작은 독립 서점이 있다. 한위안수뎬漢源書店, 미국 시사주간지 『타임』에도 여러 차례 소개된 유명 사진작가이자 역사 연구가인 얼둥창이 운영하는 서점이다. 얼둥창은 장국영보다 세 살 어린 1959년생이며 주로 중국 도시의 변천사, 특히 상하이의 변화를 기록사진으로 촘촘히 담아 사진집을 냈다. 또 전 세계를 돌며 역사를 연구하고 사진을 찍었지만 중국에서는 받아 주는 출판사가 없어 홍콩과 외국에서 저작물을 출판하다가 급기야 중국에 직접 출판사를 차려 도시역사 서적을 펴냈다.

자신이 출판한 책과 도시역사 관련 책을 다른 사람들

과 공유하고 싶었던 그는 1996년 사오싱루에 카페와 서점을 겸한 파격적인 형태의 독립 서점을 열었다(1990년대까지만 해도 간단한 음료와 주류를 파는 서양식 카페 서점은 중국에서 상상조차 할 수 없었다). 한위안에는 역시 역사책과 사진집이 유난히 많이 보이고, 한쪽에는 얼둥창이 직접 고른 책들도 꽂혀 있다.

한위안이 유명해진 것은 상하이 최초나 마찬가지인 북카페식 서점이라는 이유도 있지만, 그보다는 장국영의 영향이 더 크다. 장국영이 다녀갔고, 한때 그가 상하이에서 가장 사랑했던 서점이기 때문에.

상하이에서 공연이 있으면 장국영은 한위안을 찾아와 한나절을 보내곤 했다. 주로 공연이 없는 낮에 혼자 와서 소파 깊숙이 몸을 파묻은 채 한참 동안 책을 읽다 갔다. 그러다 우연히 거리를 지나가던 눈 밝은 팬들에게 '발견'되어 한위안은 삽시간에 유명해졌다.

서점 곳곳에 장국영의 흔적이 남아 있다. 그가 앉아 책을 읽던 소파에는 그 시절 홀로 독서에 몰두하던 장국영의 사진들이 놓였다. 보면 볼수록 마음이 아리고 애틋해진다.

"오늘 저녁에 공연만 없었으면 좀 더 오랫동안 머물며 책을 읽고 싶은데 말이죠……."

③ 새장은 텅 비었고 철새들은 떠나 버렸네

공연 시작 시간이 되어 서둘러 서점을 뜨면서 못내 아쉬워했다는 장국영은 사진 속에서 영원히 책 읽기에 몰두하고 있다. 상상해 보라. 작은 서점에서 코 박고 독서에 빠져 있는 우리의 영원한 아비를.

그 시절 우리는 모두 장국영을 사랑했다. 하지만 저마다 기억하는 그의 모습은 조금씩 다를 것이다. 내가 장국영을 기억하고 사랑하는 가장 큰 이유는 아직도 선명한 두 장면 때문이다.

1997년 1월 4일에 열린 홍콩 콘서트. 장국영은 8만여 관객 앞에서 '고백'을 했다. "이 노래는 내 어머니와 내가 가장 사랑하는 사람인 탕허더(당학덕) 선생에게 바칩니다." 말을 마친 그가 부른 노래는 「달빛이 내 마음을 표현하네」月亮代表我的心였다. 영화 『첨밀밀』에서 덩리쥔(등려군)이 불러서 유명해졌지만, 나에게 이 노래는 장국영의 목소리로 기억된다. 1987년부터 장국영은 자신이 양성애자임을 밝히며 평생을 같이할 동성의 반려자가 있다고 자주 암시했지만, 수많은 대중 앞에서 공개적으로 고백한 것은 그날이 처음이었다. "내가 가장 사랑하는 사람"이라고.

두 번째 장면은 아직도 중화권 매체에서 회자되는, '금세기 가장 감동적인 두 사람의 맞잡은 손'으로 알려진 사진이다. 죽음을 맞기 두 해 전인 2001년 8월 어느 날, 홍콩의 한 쇼핑몰에서 동성 연인과 쇼핑하고 나오던 장국영이 파파라치에게 걸리고 말았다. 그는 피하거나 찌푸리지 않고 보란 듯이 웃으며 당당하게 연인의 손을 잡고 뒤도 돌아보지 않은 채 다징히 걸어갔다. 그 모습은 파파라치들의 사진기 속에 고스란히 기록돼 지금까지도 감동적이고 아름다운 '세기의 사진'으로 전해진다.

또 하나 내가 사랑하는 그의 모습을 꼽는다면, 상하이 사오싱루 27번지 한위안수뎬에서 독서에 열중하는 장국영이다. 그 사진을 본 사람이라면 설령 장국영을 그다지 좋아하지 않더라도 그를 사랑하지 않을 재간이 없으리라. 그 시절 우리가 사랑했던 장국영은, 상하이의 그 서점을 사랑하고 있었다.

덧붙이는 말. 한위안수뎬은 2017년 12월 26일 문을 닫았다. 그날 서점 문 앞에는 이런 글이 붙어 있었다.

"이번 겨울에는 철새들도 서식지를 찾을 수 없을 것 같습니다. 요즘은 거리에서 신문을 파는 가판대도 보기 힘들더군요. 새장을 비우고 새를 바꾸는 것도 어쩔 수 없는 일이죠. 21년간 문을 열어 온 이 서점에는 우리의 굳건한

③ 새장은 텅 비었고 철새들은 떠나 버렸네

노력과 정성이 녹아 있답니다."

　현재 한위안수뎬은 원래 자리에서 멀지 않은 곳으로 이전해 한위안후이漢源彙라는 이름으로 영업 중이다. ○

천천히 가는 삶을 꿈꾸는 서점

☞ 장쑤성 쑤저우의 만수팡과 만수서

옌쯔燕子(제비)라는 이름을 가진 열일곱 소녀. 10년 전쯤 산시성 핑야오 고성의 한 식당에서 그녀를 만났다.

"어서 오세요. 핑야오 고성에는 처음 오신 건가요? 어느 나라에서 오셨어요?"

제비처럼 날랜 동작으로 다가와 메뉴판을 건넨 옌쯔의 입에서 튀어나온 말은 뜻밖에도 영어였다, 그것도 제법 유창한. 핑야오 고성 같은 시골 식당에 영어를 구사하는 종업원이 있다는 건 드문 일이었다. 옌쯔는 영어만 잘하는 게 아니라 사람들을 기분 좋게 하는 재주도 있는, 그야말로 제 비처럼 귀엽고 사랑스러운 소녀였다. 옌쯔가 손님을 상대로 영어를 배우고 연습하는 이유는 멀리 날아가고 싶었기 때문이다.

엄마와 단둘이 사는 옌쯔는 태어나서 단 한 번도 핑야오 고성의 성문 밖을 나가 본 적이 없다. 엄마가 옌쯔를 붙들고 놔주질 않기 때문이다. 엄마는 바깥세상은 위험하고 무서운 곳이라고 늘 강조했다. 하지만 옌쯔는 성문 밖과 안이 너무나도 다른 세상이라는 걸 이미 알고 있었다. 식당에서 만나는 손님과 외지 여행객에게 주워들은 성문 밖 세상은 그야말로 'What a Wonderful World'였다. 옌쯔는 항상 하늘을 보며 성 안의 하늘과 성 밖의 하늘이 어떻게 다를지 상상했다.

모모는 귀여운 쑤저우 토박이 아가씨다. 스물다섯 살, 호리호리한 체형의 모모를 보는 순간 핑야오 고성에서 만난 옌쯔가 생각났다. 옌쯔와 모모는 여러모로 닮은꼴이었다. 쾌활한 성격도 그렇지만, 둘 다 손님에게 이 얘기 저 얘기 캐물으며 '다른 세상'을 동경했기 때문이다.

모모 역시 나고 자란 쑤저우 구시가지 성문 밖으로 나

　　　　　　　　　⊕　우리는 모두 인생의 연습생

가고 싶어 했다. 중국에서 가장 살기 좋은 천국으로 이름난 쑤저우에 살지만 모모는 더 넓은 세상을 꿈꾸고 있었다. 독일과 한국으로 유학 간 친구들이 전해 주는 다른 세상 이야기는 모모의 탈출 호기심을 한층 자극했다. 하지만 모모는 호기심과 상상만 가득할 뿐 옌쯔처럼 적극적으로 날아갈 준비는 하지 않았다.

"전국 각지에서 온 여행자들에게 바깥세상 이야기를 들을 때마다 늘 상상해요. 쑤저우 너머에는 어떤 사람들이 어떤 모습으로 살고 있을까. 근데 전 이 담장 밖을 벗어날 용기가 안 나요. 엄마, 아빠, 친구들…… 친근한 사람들 곁을 떠나 낯선 곳에서 살아갈 자신이 없어요. 그래서 전 세상의 모든 여행자가 부러워요."

모모는 쑤저우 구시가지의 번화가 관첸제에 있는 한 서점의 직원이다. 전통 먹거리와 공예품 가게, 식당이 몰려 있어 1년 내내 관광객으로 왁자지껄 불야성을 이루는 골목 한 귀퉁이에 모모가 일하는 서점이 있다. 상업적 관광지에 어울리지 않는 소박한 서점이지만 서점 마니아들에게 입소문을 타고 유명해졌다.

만수팡慢書房. 2012년 11월 11일, 이름처럼 '느리고 천천히 가는 삶'을 지향하는 이들이 모여 인문사회과학 책을 주로 파는 작은 독립 서점을 열었다. 주인장 부부의 별명은 양마오羊毛(양털)와 루룽鹿茸(녹용). 세상을 따뜻하고 건강하게 만드는 한 쌍이 되자는 의미다. 이들에게는 웨이라이未來(미래)라는 예쁜 딸이 있다. 중국 현대시의 개척자 쉬즈모가 시인이자 중국 최초의 여성 건축학자 린후이인을 연모하다가 '나에게 미래를 허락해 달라'며 쓴 구애 시에서 영감을 받아 딸 이름을 지었다고. 젊은 부부는 딸을 부를 때마다 자신들이 꿈꾸는 미래를 상상하며 더 열심히 분투할 것을 다짐한다.

"왜 서점을 차리게 되었냐고요? 사람들에게 좋은 책을 많이 읽게 하고 싶다거나 하는 무슨 거대한 사명감으로 차린 것은 절대 아니에요. 아주 솔직히 말하면, 이 서점을 함께 차린 이들 몇몇이 살아가는 중에 마음에 문제가 생겼어요. 원치 않는 이런저런 인생의 쓴맛을 보면서 마음이 고장 난 거죠. 저와 아내는 결혼하고 둘의 공통분모인 쑤저우에 정착해 각자 광고 회사와 출판사에서 일하며 열심히 살았지만, 별다른 감흥이 일지 않는 따분한 직장 생활에 지쳐 가고 있었어요. 늘 고향이 그리웠죠. 그러다 문득 작은 서점을 함께 차려 보면 어떨까 생각했고, 신기하게도 모두 다 같은 생각을 하고 있어서 그냥 가진 돈 다 털어 뚝딱 서

ⓒ 우리는 모두 인생의 연습생

점을 차리게 됐습니다. 서점을 차리면서 이런 생각을 했어요. 세상이 아무리 엉망진창이라도, 살면서 힘든 일을 숱하게 겪는다 해도, 심지어 하루에 단 한 명의 손님도 찾지 않는다 해도 최소한 이곳은 한때 마음이 고장 났던 우리에게는 마음이 쉴 수 있는 좋은 안식처이자 일터가 될 거라고. 고속철처럼 빠르게 달려가는 중국의 속도전식 발전 시대를 지나오면서 우리 마음은 너덜너덜해지고 구멍이 숭숭 나 버렸어요. 조금 더 느리게 살고 싶었죠. 딸아이가 살아갈 미래는 지금보다 더 나아져야 하지 않겠어요?"

관첸제에서 20분쯤 더 걸어 들어가면 옛 거리의 정취가 물씬 밴 쑤저우의 올드 타운이 나온다. '동양의 베니스'라고도 불리는 쑤저우 구시가지는 긴 수로를 따라 전통 가옥이 다닥다닥 붙어 있고, 그곳에서 살아가는 쑤저우 토박이들의 삶도 물처럼 굽이굽이 흘러간다. 이들은 이 올드타운에 서점 겸 객잔 만수서慢書舍를 열었다. 말 그대로 책書이 있는 숙소舍, 책과 함께 머무르는 숙소다.

주인장 부부는 쑤저우의 전통 가옥 내부를 개조해서 네 칸짜리 객잔으로 만들고 작은 서점과 카페를 함께 두었다. 장기적인 서점 경영을 위해서는 조금이라도 수익이 나는 모델이 필요하다는 판단 때문이었다. 다행히 입소문을 타면서 성수기에는 방을 잡기 힘든 인기 숙소로 떠올랐다. 서점 경영에서 생긴 적자도 대부분 객잔에서 메운다.

일본을 여행할 때 정갈한 가정식 민박집에 감동했던 주인 부부는 일본 가정집과 비슷하게 공들여 숙소를 꾸미고, 모든 비품을 일회용이 아닌 최고급 친환경 제품으로 갖추었다. 만수서에는 손톱깎이에서 바느질 도구까지 손님에게 필요한 물건이 모두 구비돼 있다. 만수서에서 하룻밤 이상 묵어간 손님 대부분은 입에 거품을 물고 스스로 홍보 요원이 된다.

나도 원래는 하룻밤 숙박을 예약하고 갔지만 이틀을 더 묵었을 만큼 내 집처럼 편안하고 정갈했다. 당직 만스푸(만수팡 직원을 이르는 말)가 차려 오는 아침밥은 중국 내 서점 마니아들에게 '비주얼 짱, 꿈의 조식'이라는 극찬을 받는다. 꿈의 조식을 먹고 숙소와 붙어 있는 작은 서점에서 만스푸들이 정성스레 고른 책들을 뒤적이며 한나절을 보내노라면 여기가 바로 천국이라는 생각이 절로 든다.

"불행은 왜 아무런 예고도 없이 불쑥 찾아오는 거죠? 최소한의 마음의 준비를 할 여유도 안 주고……."

내가 묵던 날 당직은 '위화 언니'라고 불리는 만스푸였다. 저자와의 대화, 독서살롱 같은 서점 행사에서 사진 촬

ⓒ 우리는 모두 인생의 연습생

영을 맡고 있으며 서점에서 파는 상품을 기획하고 직접 만들기도 한다. 역시 주인 부부와 함께 가진 돈을 다 털어 서점에 투자한 '마음이 고장 났던' 사람이다. 어느 날 예기치 않은 이혼과 함께 위화 언니의 삶은 그야말로 날벼락처럼 무너져 내렸다.

마흔 넘어 싱글맘이 된 위화 언니는 자칭 타칭 문제아 중학생 아들 때문에 하루도 마음속 태풍이 잦아들 날이 없었다고. 아들이 그렇게 된 것이 자기가 잘못 기른 탓은 아닌지, 이혼 가정이라 생긴 문제는 아닌지, 혹시 아들 뇌에 무슨 병이 있는 건 아닌지 별별 자책을 다 했다. 정상적인 (?) 가정, 행복해 보이는 가정, 똑똑하고 발랄해 보이는 아이들을 볼 때마다 마음에서 온갖 질투와 알 수 없는 분노가 들끓었다. 그렇게 몇 년을 살다가 어느 날 가만히 생각해 보니, 자신의 마음이 심각하게 병들어 있었다.

위화 언니는 비슷한 사람들과 함께 서점을 꾸려 가면서 차츰 마음의 태풍이 사그라지고 분노도 잦아들었다. 서점은 위화 언니에게 삶의 안식처이자 마음의 병을 치료하는 요양원이 되었다. 문제아 아들은 여전히 문제 행동을 일삼지만, 그런 아들을 바라보는 위화 언니의 눈길은 많이 부드러워졌다.

'우리는 모두 인생의 연습생이지 않느냐'는 어느 책 제목을 인용하며 위화 언니는 말한다. 자신도 그렇고, 아들 역시 인생을 처음 살아가는 연습생이기에 언젠가는 스스로 깨우치며 끊임없이 자신의 인생길을 수정하지 않겠느냐고.

핑야오 고성에 사는 옌쯔는 제비가 되어 훨훨 성문 밖으로 날아갔을까. 쑤저우 만수팡 직원 모모처럼 여행객들로부터 '다른 세상' 이야기를 전해 들으며 아직 바깥세상을 동경만 하고 있을까. 옌쯔와 모모에게도 언젠가는 날아가고 싶은 성문 바깥의 세상 말고도 스스로 넘어서야 할 인생의 장벽이 생길 것이다. 만수팡의 양마오와 루룽 부부, 위화 언니처럼 어느 날 문득 인생길을 새롭게 수정해야 할지도 모르고. ○

광기의 시대에서 살아남은 이가 3대째 지키는

☞ 쑤저우의 고서점 원쉐산팡

'나는 커서 어떤 사람이 되고 싶은가.'

학교에서 돌아온 초등학교 6학년 아들이 해야 할 오늘의 작문 숙제 제목이란다.

"넌 커서 뭐가 되고 싶니?"

"나? 그냥 평범한 보통 사람이 되고 싶어."

'오늘은 뭘 먹게 될까'가 인생의 가장 큰 궁금증이자 고민인 열두 살짜리 녀석이 커서 '평범한 보통 사람'이 되고 싶다는 게 과연 평범한 생각인 걸까? 도대체 이 녀석이 평범한 보통 사람의 삶이 어떤 건지 알고나 하는 소리일까?

중고등학교 시절, 내 장래 희망은 '절대로 평범한 사람이 되지 않는 것'이었다. 그 무렵 우리 세대 소녀들이 한 번쯤 푹 빠져 있었던 전혜린의 영향이었다. 책 속에서 전혜린은 이렇게 말했다. "절대로 평범해지지 말자."

그러나 어른이 되고서야 알았다, 평범하게 사는 것이야말로 가장 이루기 힘든 꿈이라는 사실을. 보통 사람으로 살고 싶었으나 끝내 그 소박한 꿈조차 이루지 못한 사람이 세상에 아주 많다는 것도.

특히 중국에서 1960~1970년대 문화대혁명 시기를 살았던 사람들은 평범한 삶을 강제로 몰수당한 채 모두가 예외 없이 황당하고 미친 시대를 견뎌 내야 했다. 견디지 못한 이들은 죽어야만 했고, 어찌어찌 살아남은 이들도 남겨진 상흔에 고통받으며 그 뒤로도 오랫동안 평범한 보통 사람의 인생을 살지 못했다.

문혁 시절, 중국 아이들은 하나같이 '마오 주석을 보위하는 계급 혁명 전사'가 장래 희망이었다. 그 아이들은 마오 주석의 혁명 사상을 보위하는 홍위병이 되어 자신의 부

⑤ 아흔넷 노인과 100년 서점

모와 스승을 '계급의 적'으로 고발하거나 군중 속으로 끌어내 뺨을 때리고 오물을 끼얹고 머리를 깎았다.

문혁 중반기인 1970년, 장훙빙은 열여섯 살이었다. 원래 이름은 톄무였지만 1966년 문혁이 일어난 뒤 마오 주석의 홍위병으로 살겠다는 각오로 훙빙紅兵으로 바꾸었다.

어느 날 저녁, 집에서 식사를 하던 중에 어머니가 "지도자는 개인숭배를 강요해서는 안 된다, 류사오치 주석은 억울하게 죽었다, 그의 정치적 명예가 회복돼야 한다"는 등의 문혁 비판 발언을 했다. 이 말을 들은 장훙빙은 아버지와 함께 곧바로 관계 당국에 어머니를 계급의 적으로 고발하면서 "현행 반혁명분자인 어머니를 타도하고 즉각 총살해 달라"고까지 요청했다. 그로부터 두 달 뒤 정말로 어머니는 총살형을 당했다.

문혁이 끝나고 얼마간의 세월이 흐른 뒤, 장훙빙은 어른이 되었고 변호사라는 직업도 갖게 되었다. 하지만 어머니를 죽게 했다는 죄책감과 문혁이 남긴 마음속 상흔은 그를 평범한 사람으로 살지 못하게 했다. 2011년, 장훙빙은 고향 마을 지방정부를 상대로 법원에 어머니의 묘를 문화재로 지정해 달라는 소송을 제기했다. 문화재로 지정해서 후대에게 문혁의 비극을 기억하고 비판할 수 있게 해야 한다는 취지였다. 하지만 그는 끝내 패소했고, 이후 언론 인터뷰에서 이렇게 말했다. "영원히 나를 용서할 수 없을 겁니다. 얼마나 많은 낮과 밤을 통곡하며 살아왔는지 몰라요. 이렇게라도 해서 어머니에게 참회하고 싶었습니다."

2013년 중국 언론에 보도된, 문혁 당시 어머니를 고발한 홍위병 장훙빙에 관한 이야기다.

♠

"몇 살이냐고? 1926년에 태어났으니까 올해 아흔넷이야. 자식들도 다 은퇴하고 자기 손주를 돌보는 늙은이지. 같이 늙으니까 누가 아비고 자식인지도 모르겠어, 허허!

여기는 우리 할아버지와 아버지를 거쳐 내가 3대째 지키고 있어. 무수한 우여곡절이 있었지. 1956년에는 문을 완전히 닫아야 했어. 온갖 정치운동의 광풍이 불면서 책방은 신화수뎬新華書店만 빼고 다 문을 닫았어. 지금 생각하면 참 이해가 안 되는 황당무계한 시대였지만 그때는 다들 그렇게 살았어.

아흔넷인데 왜 이렇게 건강하냐고? 마음을 잘 다스려서 그래. 웬만해서는 절대로 화를 안 내. 문화대혁명이라고 들어 봤어? 그걸 모르면 우리 세대를 도저히 이해할 수 없을 거야. 문혁을 겪고 나서는 아무리 화나고 힘든 일이 있어도 절대로 마음에 새겨 두지 않아. 그 고통스러운 문혁에서도 살아남았는데 세상에 참지 못할 고통이 어디 있겠어?

류사오치라고 중국 국가주석까지 지냈던 위대한 사람도 문혁 때 얼마나 비참하게 죽었는 줄 알아? 그래도 난 살아남았으니 그 사람에 비하면 덜 불행한 셈이지. 무수한 정치운동을 겪으면서 깨달은 사실은, 그래도 끈질기게 살아남는 게 중요하다는 거야. 살아남았으니 이렇게 좋은 세상도 구경하지.

자서전을 써 보라고? 허허, 중국에는 나 같은 사람이 쌔고 쌨어. 특별한 이야깃거리도 안 돼. 그리고 그런 소리는 중국을 몰라도 한참 모르는 소리야!

언제 또 세상이 뒤집어져서 마오 주석 시절로 돌아갈지 아무도 모르는 일이라고. 그 많은 운동이란 운동을 다 거치면서 내린 결론은 죽을 때까지 입조심해야 한다는 거야. 언제 어느 때 또 꼬투리 잡힐지 모르거든. 내가 왜 그걸 모르겠어. 아흔넷까지 어떻게 살아남았는데…….”

쑤저우에서 만난 왕청보 할아버지는 “삶이 아무리 힘들다 해도 문혁보다 더 참기 힘든 고통은 없다”고 했다. 왕 할아버지는 쑤저우 핑장루 역사문화거리 근처에 있는 뉴자샹이라는 한적한 골목에서 고서점을 운영한다. 원쉐산팡文學山房이라는 이름을 가진 고서점의 역사는 무려 100년이 넘는다.

청나라 광서제 때인 1899년, 왕청보 할아버지의 조부가 쑤저우의 한 골목길에 이 고서점을 열었고 왕 할아버지의 아버지가 뒤를 이었다. 창업자인 조부와 아버지의 노력으로 서점은 1930년대 중화민국 시기에 최전성기를 구가하며 중국 전역의 장서가 사이에 가장 유명한 고서점으로 통했다. 1942년, 열일곱 살에 원쉐산팡의 견습생이 된 왕 할아버지는 조부와 아버지로부터 고서적 수집과 복원 작업 등을 배워 일찌감치 원쉐산팡의 3대 계승자가 되었다.

하지만 1949년 신중국이 건국되면서 서점의 운명도 조금씩 달라지기 시작했다. 1956년 전국적으로 공사합영 정책이 시행되면서 원쉐산팡은 더 이상 왕씨 가문의 개인 서점이 아니었다. 1966년 문혁이 일어나자 왕 할아버지는 쑤베이 지역으로 하방(원래 당원이나 공무원의 관료화를 막기 위해 일정 기간 농촌이나 공장에 보내서 노동에 종사하게 하는 것인데, 문혁 시기에는 도시의 수많은 지식 청년도 농촌으로 보내졌다)되어 고통스러운 세월을 보내야 했다. 문혁이 끝날 무렵 다시 쑤저우로 돌아와서 보니, 중화민국 시기 대총통이던 쉬스창이 써 준 '원쉐산팡' 간판은 홍위병에게 훼손돼 서점 창고 마룻바닥이 되어 있었다.

문혁 시절 얘기를 들려 달라고 하자 할아버지는 돋보기안경을 고쳐 쓰며 고개를 절레절레 흔들었다.

"그 시절에는 나만 그렇게 고통스럽게 산 게 아니라 모든 사람이 다 그랬어. 나는 비참한 축에도 들지 못하지. 감히 상상도 할 수 없을 만큼 비극적인 일이 얼마나 많이 일어났는데! 문혁을 겪어 보지 못한 당신 같은 외국인은 아무리 많은 책을 읽었다 해도 절대로 알 수 없을 거야. 어떤 위대한 소설가라도 그런 끔찍하고 비극적인 이야기를 상상해서 쓸 수는 없다고. 나는 운이 좋아 아흔넷까지 살고 있지만, 다시 그 시절로 돌아가라면 못 살 것 같아. 어떻게 또다시 그런 인생을 견뎌 내겠어."

왕 할아버지는 아내와 함께 국영 신화수뎬의 고서적 관리 직원으로 일하다 일흔다섯에 퇴직했다. 남들보다 훨씬 늦은 나이에 퇴직할 수 있었던 이유는 왕 할아버지가 고서적 분야에서 손에 꼽히는 전문가이자 복원 기술자였기 때문이다.

퇴직한 왕 할아버지는 2000년에 원쉐산팡을 다시 열

었다. 자녀들의 도움을 받아 대대로 이어지던 원쉐산팡을 복원한 것이다. 왕 할아버지는 자신의 고서점을 눈썹에 비유한다. 얼굴에서 그다지 중요한 부분은 아니지만 눈썹이 없거나 적으면 아무리 아름다운 얼굴도 그 아름다움이 덜한 법이라며, 고서점 원쉐산팡도 쑤저우에서 사소하지만 없어서는 안 될 눈썹 같은 존재라고.

♠

어린 아들에게 다시 한번 물었다.

"너 정말 커서 뭐가 되고 싶니?"

"그냥 회사원 같은 평범한 사람이 될 거야. 그러면 안 돼? 내가 무슨 시진핑 주석 같은 사람이라도 될 줄 알아? 나는 커서 회사원이 될 거야. 월급 받아서 귀여운 개랑 고양이와 같이 행복하게 살 거야. 엄마는 못 기르게 하니까!"

아들아, 엄마도 간절히 소망한다. 제발 너희는 홍위병이 아닌 평범한 보통 사람으로 살아갈 수 있는 평범하고 평화로운 세대가 되기를. 귀여운 개와 고양이와 함께 행복하게 살아갈 수 있는 그런 세상에서 말이다. 그러니 열심히 공부해서 돈 잘 버는 훌륭한 회사원이 되거라, 아들아! ◌

경계를 넘은 여자들과 어느 중국 지식인의 죽음

그리고 ☞ 텐진의 콰제수뎬

리들리 스콧 감독의 『델마와 루이스』는 내 인생 영화 가운데 하나다. 더는 도망갈 곳 없는 광활한 그랜드캐니언 앞에서 그들은 마지막 '경계를 넘는 삶'을 선택한다. 두 손을 꼭 잡은 델마와 루이스가 자동차로 하늘 위를 날며 외치는 말. "우리 잡히지 말자." "계속 가는 거야. 밟아!" 억압적인 남편과 성폭력 트라우마로 상징되는 남성 중심의 '염병할' 세상에서 그들이 완전한 자유를 얻는 방법은, 죽거나 말거나 계속 밟으면서 앞으로 나아가는 길밖에 없다. 현실 속 '델마와 루이스'들은 과연 어떨까. 영화에서처럼 세상의 온갖 경계를 훌쩍 넘어 '경계 너머의 삶'을 살아갈 수 있을까.

지난 1월 22일 한 중국 지식인의 부음이 들려왔다. 장샤오후이, 향년 55세. 가족과 지인을 빼면 그를 아는 중국인은 거의 없을 것이다. 하지만 그는 기억하고 추모해야 하는 사람이다. 미국에 사는 그의 베이징대학 동문은 아무도 기억하지 않는 친구 장샤오후이에 대한 기억을 더듬으며 인터넷 공간에 그를 추모하는 긴 글을 남겼다.

장샤오후이는 베이징대학 역사학과 84학번이다. 그해 대학 입시에서 지린성 전체 문과 수석을 했다. 원래는 전해인 1983년에 입시를 치렀지만 작문 내용에 '사상적 문제'가 있다고 하여 자격을 빼앗겼다. 가족과 선생님들에게 설득되어 당국에 반성문을 내고서야 다음 해 입학시험 자격을 얻었다. 베이징대 친구의 회고에 따르면, 장샤오후이는 대학에 들어가기 위해 반성문을 낸 것이 인생에서 가장 후회되고 부끄러운 일이었다며 두고두고 자신을 질책했다고 한다.

중국 최고 수재들이 모이는 베이징대학에 들어간 그에게 인생은 마음먹기에 따라 얼마든지 비단길과 꽃길이 될 수 있었다. 하지만 그는 '경계를 넘는 삶'을 선택했다. 1985년 9·18 만주사변 국치일을 맞아 전국 대학가에서 대대적인 항의 집회가 열리던 때, 장샤오후이는 "학우 여러분, 여러분의 방법은 틀렸습니다"라는 장문의 대자보를 써 붙였다. "1931년 9·18 사변 이후, 일본이 중국을 멋대로 침략하고 중국 인민을 학살할 수 있었던 주요한 원인은 중국인들의 무관심과 지독한 노예근성 때문이었습니다. 9·18 만주사변을 기억하려면 항의 시위를 할 게 아니라 먼저 자성해야 마땅하다고 생각합니다." 당시 (일본 제국주의 비판이라는) 주류 분위기와 사뭇 다른 주장을 펼친 이 대자보는 당연히 많은 학생에게 공개적인 비판을 받았고, 장샤오후이는 학내에서도 요주의 인물이 되었다.

이듬해인 1986년 4월 3일 장샤오후이는 반혁명분자로 체포되어 그해 말 3년형이 확정되었다. 죄목은 '청년 마르크스주의자의 선언'이라는 반동 문건을 썼다는 것. 그 문건을 처음 봤다는 그의 친구는 "당시 중국에서는 감히 상상하기조차 힘든 공산당 독재와 정책을 비판하는 내용이 많았다"고 말했다.

형기를 마치고 감옥에서 나온 장샤오후이는 다들 광저우나 선전 등지에서 돈의 바다에 뛰어들어 갈퀴로 돈을 쓸어 담듯 하던 시절에도 쉬운 길을 마다하고 가난한 사회과학 서점과 출판사에서 학술서 분야 기획자로 일했다. 그가 기획한 책은 헨리 데이비드 소로의 『시민 불복종』, 한나 아렌트의 『예루살렘의 아이히만』, 슈테판 츠바이크의 『다른 의견을 가질 권리』, 마이클 폴라니의 『자유의 논리』 등 당시 한국에도 미처 소개되지 않았던 주옥같은 사회과학 고전이었고 번역도 대부분 직접 했다.

장샤오후이는 역사·정치·사회 분야 서평과 관련 글을 쓰며 수많은 팬을 거느린 유명한 인터넷 논객이기도 했다. 물론 당국의 감시와 제재로 본명을 숨겨야 했다. 늘 최저 생계의 밑바닥을 헤매며 살아가던 그는 뇌경색으로 쓰러져 이 세상 '경계 너머'로 훌쩍 떠났다. 생전에 그는 언론 인터뷰에서 이런 말을 남겼다. "먼저 사실을 알고 난 뒤에 입장을 선택해야 한다." 하지만 뭔가를 제대로 알기도 전에 정치사상적 입장을 강요당하는 중국에서 그는 죽을 때까지 '다른 의견을 가질 권리'를 갖지 못했다.

"한 채소 가게 주인이 부엌 창문에 '전 세계 프롤레타리아여, 단결하라!'라는 표어를 붙였다. 그가 이런 표어를 붙인 목적은 어디에 있을까?" 이른바 '벨벳 혁명'이라는 체코의 무혈 민주화 운동을 이끌었고, 1993년 체코공화국 초대 대통령이 되어 10여 년간 통치했던 바츨라프 하벨은 저서 『힘없는 자들의 힘』에서 이렇게 물었다. "대부분 상점 주인은 그 표어의 의미가 뭔지 한 번도 물은 적이 없다. 그들은 그저 (표어를 붙이지 않아서) 귀찮은 일을 당하는 걸 피하고 평안한 일상을 보내려고 붙이는 것뿐"이었다. 사람들이 기형적인 독재 체제에서 다른 의견을 말하지 않는 까닭은 삶의 모든 기반을 잃을 수 있다는 마음 깊숙이 내재된 공포감 때문이라는 것이다. 그렇다면 어떻게 그런 공포감에서 나오는 거짓 생활을 때려 부술 수 있을까? 하벨은 아주 간단하게 말한다. "진실을 말하는 사람으로 살라." 거짓 논리로 현실이 지탱되는 사회에서는 진실과 진리를 말하는 사람들이 가장 위협적이기 때문에 그들이 받는 죄의 대가가 가장 무거운 법. 그래서 "모든 개개인이 양심에 따라 진실을 말하고 아주 작은 일부터 실천하는 것"이야말로 '힘없는 자들의 힘'이다.

내 인생의 첫 '경계 넘기'는 중국 톈진에서 시작됐다. 1999년 8월, 나는 생애 첫 비행기를 타고 생애 처음으로 국경을 넘었다. 첫날 밤, 배정받은 유학생 기숙사 창문 밖으로 동네 식당의 치렁치렁한 홍등과 은색 자전거를 타고 거대한 물결처럼 쏟아져 나오는 중국 인민을 보면서, 흥분되고 설레는 마음에 이런 생각을 했다. '앞으로 이 도시를, 이 나라를 좋아하게 될지도 몰라.' 그 뒤로 나는 20년째 이 나라에 죽 퍼질러 앉아 있다. 물론 그때처럼 마냥 가슴 설레고 좋아서 있는 건 아니다.

장홍 역시 나와 비슷한 행로를 겪었다. 중국 정보기술업계에서 떠오르는 '여장부'였던 장홍은 2006년 어느 날 미국 보스턴 거리를 걷다가 우연히 서점 하나를 보게 됐다. 장홍은 보더스Borders(경계)라는 그 서점에 들어가 한참 책을 뒤적거렸다. 그러다 문득 생겨난 호기심과 알 수 없는 흥분에 휩싸인 채 생각했다. "그래, 서점을 차려 볼까?"

그로부터 8년이 흐른 2014년 10월, 장홍은 정말로 톈진에 서점을 열었다. 서점 이름은 콰제수뎬跨界書店(Border-less), 20년 가까이 종사한 IT 업계에서 경계를 넘어 서점이라는 낯선 업계로 들어왔다는 의미다. 그래도 첫 고객은 익숙한 집단을 선택하고 싶었기에 장홍은 자신이 누구보다 잘 이해하는 집단인 IT 종사자가 몰려 있는 톈진 외곽 개발구에 터를 잡았다.

그곳에서 5년쯤 무사히 서점을 꾸려 간 장홍은 2019년 4월 톈진의 주요 대학이 밀집한 마창다오로 자리를 옮겼다. 마창다오는 길 양쪽에 늘어선 아름드리 오동나무가

⑥ 힘없는 자들의 경계 너머의 삶

그늘을 드리우는 옛 조계지 거리다. 20여 년 전, 나는 날이면 날마다 자전거를 타고 그 길을 달려 중국 친구 샤오루를 만나러 갔다. 돌아오는 길에 오동나무 사이로 불 밝힌 꼬치 가게에서 양꼬치에 칭다오 맥주를 마시다 새벽에야 기어 들어오기도 했다. 그 맛있고 재미난 추억이 담긴 거리에 '경계를 넘는' 혹은 '경계를 가로지르는' 콰제수뎬이 이사를 왔다.

지금 장훙은 선전에서 IT 업체도 운영하며 톈진을 오가고 있다. 서점 경영만으로는 수익은커녕 적자를 벗어나기도 힘들어 든든한 돈줄을 마련하려면 어쩔 수 없다고.

콰제수뎬은 2층으로 이루어져 있다. 1층은 음료를 팔고 독자 모임이나 저자와의 대화가 열리는 공간, 2층은 책만 파는 공간이다. 마침 5월 추천 도서로 진열된 책이 눈에 들어온다. 갓 구운 빵처럼 따끈따끈한 베네딕트 앤더슨의 『코코넛 껍질 밖의 인생』(한국어판 제목은 『경계 너머의 삶』). 『상상의 공동체』에서 "민족은 (필요에 의해) 상상되고 발명된 정치 공동체"라는 충격적인 논리를 선보였던 저자의 자서전이다.

"1936년 8월 26일, 나는 중국 쿤밍에서 태어났다"로 시작하는 이 책은 아일랜드인 아버지와 영국인 어머니, 베트남인 보모 손에서 자라나 아일랜드와 영국, 미국 등에서 공부하고 인도네시아와 필리핀 등 동남아시아를 돌아다니며 연구한 앤더슨이 '경계인'으로 살아간 인생 이야기다. 책에서 앤더슨은 평생을 코코넛 껍질 속에 갇혀 사는, 타이와 인도네시아에 흔한 개구리 이야기를 들려준다. "어두운 코코넛 껍질 속으로 움츠러들지만 않는다면, 개구리들의 해방 전쟁은 승리할 것이다. 온 세상 개구리여, 단결하라!" 앤더슨은 코코넛 껍질을 벗고 나온 '해방된' 개구리였던 자신처럼 "바람이 너를 향해 불어올 때, 망설이지 말고 용기를 가지고 바람을 쫓아가라"고 당부한다. 그래야 '경계 너머의 삶'을 살 수 있는 '해방된' 개구리가 될 수 있다고. ○

외로운 이방인처럼 느껴질 때 찾아가는 곳

☞ 베이징 싼리툰의 라오수충

내 아들은 조선족이다. 엄마는 한국인이고 아빠는 중국 한족이지만, 아들은 조선족이다. 웃어야 할지 울어야 할지 모를 '웃픈' 일이다.

중국에서는 출생 직후에 우리나라의 가족관계증명서나 주민등록등본에 해당하는 '호구본'에 이름을 올려야 한다. 호구본이 있어야 학교도 다니고 여권이나 신분증 등을 발급받을 수 있다. 모든 개인은 태어나자마자 부모의 민족 성분에 따라 자기 민족 성분을 선택하고, 이는 호구본과 신분증 등에 기재돼 평생 자신의 출신 성분을 규정하는 자료가 된다. 엄마가 한국인이지만 아빠는 한족이니 상식적으로 보면 아들은 당연히 한족이 돼야만 한다. 하지만 조선족이 되었다.

파출소에 호구본을 만들러 간 남편은 아이 민족 성분 기재란 앞에서 잠시 망설였다. 중국에서는 소수민족 출신에게 여러 시험에서 약간의 가산점을 부여해 준다. 혹시나 하는 마음에 남편이 담당 경찰에게 물었단다. "엄마가 한국인인데 아이는 어떤 민족 성분을 선택해야 하나?" 다소 뜻밖의 답변이 돌아왔다. "알아서 해. 조선족이라고 하면 되겠네." 남편은 얼씨구나 하고 잽싸게 '조선족'으로 써 넣었다.

몇 년 전, 베이징중앙민족대학교에 다니는 조선족 대학생을 만나 잠깐 이야기를 나눈 적이 있다. 중앙민족대는 소수민족이 주로 다니는 명문대학이다. 옌볜이 고향인 그는 성적 우수 장학금을 받아 한국 유학이 결정된 상태였다.

"중국에서 조선족은 그나마 다른 소수민족보다 여러모로 나은 환경 아니에요?"

내 질문에 그는 뜻밖의 대답을 했다.

⑦ 서울의 전라도 사람, 중국의 한궈런

"다시 선택할 수만 있다면 한족이 될 겁니다. 조선족은 한국에서나 중국에서나 늘 따라붙는 불편한 꼬리표예요. 중국에선 항상 감시받는 느낌이고 한국에선 늘 차별받는 느낌이죠. 우리는 어디에서도 대접받거나 환영받지 못하는 존재예요."

그와 이야기하는 내내 조선족인 아들이 생각났다.

전라도 순천이 고향인 나는 열 살 때 서울로 올라왔다. 지금은 서울 강남의 핵심이 된 곳, 당시에는 '말죽거리'라고 불렀던 곳이 우리 가족의 새 삶터였다. 서울로 오자 아빠는 이렇게 신신당부했다.

"서울 가면 절대로 전라도 사투리를 쓰면 안 돼. 사람들이 고향이 어디냐고 물으면 전라도라고 하지 말고 그냥 서울 사람이라고 해. 알았지?"

이유는 몰랐지만 난 학교 친구들에게 '촌년'이라고 놀림받기 싫어서 모든 말투와 행동을 철저히 '서울 아이'처럼 하고 다녔다.

어느 날, 동네에서 아줌마들끼리 싸움이 났다. 머리채를 잡고 신나게 싸우던 사람들 가운데 한 아줌마가 눈에 쌍심지를 켜고 악다구니를 퍼붓기 시작했다.

"전라도 것들은 다 도둑년, 도둑놈들이야! 이 동네에서 일어난 좀도둑질은 죄다 전라도 사람들 짓이라고. 내 말이 틀렸냐?"

싸우는 모습을 구경하던 나는 아빠의 당부가 조금씩 이해되기 시작했다.

베이징에는 미세먼지만큼이나 많은 외국인이 산다. 500대 글로벌 기업, 여행자와 유학생이 몰려드는 세계적인 국제도시다 보니 당연히 거리에서 외국인과 마주치는 일이 미세먼지를 흡입하는 것보다 더 흔한 일이다. 나도 그런 외국인 가운데 한 명이다. 외국인을 가리키는 중국어로는 '와이궈런'外國人과 '라오와이'老外가 있다. 와이궈런은 중국인을 제외한 모든 외국 국적의 사람을 통칭하는 말이다. 라오와이는 그 의미가 좀 복잡한데 '문외한, 비전문가, 외국인'이라는 사전적 의미가 있다. 라오와이는 외국인을 좀더 친근하게 부르는 말이기도 하지만, 중국 문제에 문외한인 '외부 사람'이라는 뜻도 내포되어 있다. 어찌 됐든 한국이나 중국이나 공통점이라면 '큰 코, 파란 눈'을 한 서양인이라야만 그나마 '외국인' 대접을 받을 수 있다는 사실이다.

⑦ 서울의 전라도 사람, 중국의 한궈런

타국에서 살아가려면 배척과 소외를 겪어야 하는 영원한 이방인, 타자의 삶을 감수해야 한다. 무엇보다 외롭다. 그런 날에 나는 종종 베이징 싼리툰에 간다. 싼리툰은 외국인이 많이 오는 거리로 유명하다. 각국 대사관과 영사관이 있다 보니 자연스레 외국인 거리가 되었다. 외국인이 주 고객인 술집과 식당이 즐비하고, 거리 분위기도 다른 베이징 거리의 중국스러움과 달리 자유롭고 개방적이다.

싼리툰을 좋아하는 또 다른 이유는 그곳에 있는 온갖 서점 때문이다. 대형 서점과 24시간 영업하는 심야 서점은 물론 라오와이를 위한 서점 라오수충老書蟲(책벌레)도 있다.

라오수충은 2001년 기자였던 아일랜드 남성과 영국에서 대학을 졸업하고 베이징에 온 젊은 영국 여성이 함께 꾸린 서점이다. 처음에는 지인이 운영하는 식당 한쪽에 갖고 있던 영문 책들을 진열해 놓은 이름 없는 '모퉁이 서점'이었다. 차츰 규모를 키워 몇 차례 이사한 뒤에 지금 위치인 싼리툰에 정식 간판을 내걸었다. 베이징 외에 쑤저우와 청두에도 분점이 있다.

라오수충 싼리툰 본점은 영어 문화권에서 온 베이징 라오와이에게는 성지와도 같은 곳이다. 영문판 책을 마음껏 볼 수 있고, 주말에는 각종 행사와 모임이 있으며, 1년에 한 차례 중국 내외에 있는 소설가·시인·예술가를 초청해 문학 축제를 연다. 회원이 되면 도서관처럼 1인당 두 권씩 2주 기한으로 책을 빌릴 수 있다. 책을 좋아하는 라오와이에게 이 서점은 고향 같은 천국인 셈이다. 책을 좋아하지 않는 라오와이도 이곳에 와서 고향 술집이나 음식점에 온 것처럼 혼자 또는 친구들과 어울려 와인과 칵테일을 마시고 나이프와 포크를 들고 자기들 나라의 음식을 먹는다. 옥상에 있는 바에서는 주말마다 파티가 열리고, 유명 예술가들이 모여서 살롱 문화를 연출하곤 한다. 그들끼리는 그곳을 '비밀의 화원'이라고 부른다

내가 라오수충에 가끔 가는 이유 중 하나는 때론 나도 이곳에서 '서양인 라오와이' 같은 외국인이 되고 싶기 때문이다. 중국에서 와이궈런으로 여겨지는 별 볼 일 없는 '한궈런'인 나는, 가끔 그들 사이에 끼어 외국인 대접을 받고 싶은 것이다. 그때마다 나도 모르게 드는 생각. '진즉에 영어 회화 좀 열심히 공부할걸. 다음 생에는 영어 쓰는 나라에서 태어나야지.'

2017년, 중국에서 사드 문제가 한참 민감할 때 일이다. 어느 날 '조선족' 아들이 전에 없이 우울한 얼굴로 학교에서 돌아왔다. 학교에서 험한 일을 당했다는 것이다. 쉬는

⑦ 서울의 전라도 사람, 중국의 한궈런

시간에 아이들이 삼삼오오 모여 사드 어쩌고저쩌고 하더니 "한궈런을 타도해야 한다"고 떠들었다. 평소에도 내성적이고 과묵한 아들에게 같은 반 친구가 다가오더니 이렇게 말했단다. "너도 한궈런 아냐? 너네 엄마가 한궈런이니까 너도 한궈런이지? 그러니까 한궈런 욕을 못하는 거지?" 겁먹은 아들이 고개도 못 들고 쫄아 있는데 갑자기 한 친구가 아들에게 손가락질하며 했다는 말. "맞아, 애는 한국말도 할 줄 알아. 내가 들은 적 있어. 그러니까 한궈런 맞다고. 그치?" 그 순간 아들 녀석은 자기도 모르게 벌떡 일어나 "워스중궈런!"(나는 중국인이야!) 하고 외쳤다. 그런 뒤, 화장실에 가서 혼자 몰래 조금 울었다고 한다. 왜 그런지 모르겠지만 그냥 눈물이 조금 나더란다.

생각해 보니, 어릴 때 나도 비슷한 경험을 한 것 같다. 하교 후 부모님이 운영하는 구멍가게에 가서 좋아하는 빠다코코넛비스켓과 달고나 같은 걸 몰래 먹곤 했는데, 그 주변 은마아파트에 반 친구가 많이 살았다. 가끔 은마아파트 친구들과 엄마들이 우리 가게에 와서 물건을 살 때면 나는 구석에 숨어서 그들이 가기만을 기다렸다. 그러던 어느 날 우리 가게에 온 적 있는 반 친구가 하는 말을 들었다. "그 가게 아줌마, 전라도 사투리가 되게 심하더라. 우리 엄마가 그러는데 전라도 사람들은 나쁜 사람이 많대. 엄마가 설탕 한 봉지를 샀는데 유통 기한이 다 돼 가는 거였어. 전라도 사람들은 그런 물건을 판다고 엄마가 막 욕했어."

그날 나도, 아들처럼 눈물이 찔끔 났다. 왜 그런지 모르겠지만. 하지만 그 뒤로도 나는 친구들에게 절대로 내가 '전라도 출신'이라고 말하지 않았다.

조선족 아들도 앞으로 살아가면서 한국과 중국에서 어떤 차별과 냉대를 당할지 모르겠다. 어릴 적 나처럼 누구에게도 자신의 '출신 성분'을 말하지 못하다가, 어느 날 벌떡 일어나 "엄마, 나는 도대체 누구야?"라고 울부짖으면 나는 뭐라고 대답해야 할까. 조선족, 전라도, 한궈런……. 우리는 안에서도 밖에서도 차별받고 따돌림당하는 '와이궈런'이라고 말해야 하나.

덧붙이는 말. 베이징 라오와이의 쉼터였던 라오수충 서점은 2019년 12월까지 영업하고 문을 닫았다. 들리는 말로는 건물주가 당국으로부터 여러 압력을 받고 계약을 연장해 주지 않았기 때문이라고. 백방으로 새로운 터를 알아보고 있으나 난관이 많은지라 당분간은 문을 열기 힘들어 보인다.○

세계를 읽고 사유하는 지식 유랑자들의 서식처

☞ 쉬즈위안의 베이징 단샹쿵젠

쉬즈위안을 처음 만난 곳은 독일 베를린 테겔 공항. 2017
년 10월 중순이었다. 베이징에서 출발한 비행기를 타고 열
시간 만에 테겔 공항에 내렸을 때, 바로 정면에 그가 서 있
었다. 아무렇게나 기른 파마머리에 술 담배에 찌든 듯 푸석
푸석한 피부, 못생긴 것 같은데 자꾸만 눈길이 가는 개성
있는 외모, 얼핏 봐도 190센티미터는 됨직한 키 덕분에 그
는 어디서나 금방 눈에 띄었다. 알고 보니 그날 베이징에서

같은 비행기를 타고 온 것이었다.

"선생님 책을 읽었고, 선생님 서점에도 자주 가요. 베이징에 돌아가면 언제 한번 만나고 싶은데, 가능할까요?"

개문견산開門見山, 문을 열어 바로 산을 보듯 일면식도 없는 그에게 돌진해 다짜고짜 친구가 되자고 했다. 그와 일행의 얼굴에 잠시 당혹감이 스쳤지만, 내가 외국인이라는 걸 알자 이내 온기가 돌았다.

"제 책이 몇 권 한국어로 번역됐는데 그걸 읽어 봤다는 독자를 외국에서 만나기는 처음이네요. 베를린에서 만나니 더 반갑습니다. 베이징에 돌아가서 저에게 연락 주시면 반드시 시간을 내겠습니다."

그를 우연히 다시 만난 건 그로부터 두 달 뒤 베이징에서였다. 크리스마스가 가까워진 주말 저녁, 집에서 멀지 않은 단샹쿵젠單向空間 화자디 지점까지 어슬렁어슬렁 걸어갔다. 서점 맞은편에 있는 옛 중국사회과학원 연구생원 학생 식당에서 싸고 푸짐한 감자볶음덮밥 한 그릇을 먹고, 다시 서점으로 가서 이 책 저 책 뒤적이고 있었다. 그때 베를린 테겔 공항에서 봤던 모습 그대로, 까만 와이셔츠와 진회색 바지까지 그대로인 쉬즈위안이 눈앞에 나타난 것이 아닌가. 이번에도 나는 망설임 없이 돌진했다.

⑧ '미성숙한 국가'의 즐거운 '저항자'

"저 기억하세요? 베를린에서 만났던……."

"아! 기억하고 말고요. 어떻게 이렇게 우연히 또 만날수 있죠? 우린 아무래도 인연이 있나 봅니다. 여기 자주 오세요? 전 요즘 저녁마다 오다시피 해요. 제 사무실이 위층에 있거든요. 근데 어쩌나, 지금 회의 중이라 당장 시간 내긴 힘들고…… 혹시 괜찮다면 좀 기다려 줄래요? 장담은 못하지만 한두 시간이면 끝날 것 같아요."

장담할 수 없는 시간을 기약하며 그는 호가든 맥주 한병을 들고 총총히 위층으로 사라졌다. 서점 직원이 "쉬 선생님은 회의 중에도 쉴 새 없이 맥주나 양주를 마시고 줄담배를 피운다"고 일러 주었다.

베를린에서 우연히 마주쳤던 2017년 10월 중순은 아마도 쉬즈위안 인생에서 첫사랑과 헤어진 이후로 가장 괴롭고 우울한 시절이자 유명세를 톡톡히 치른 시절이었으리라. 그는 당시 속된 말로 하룻밤 사이에 스타덤에 올라인터넷과 온갖 매체에서 신나게 두들겨 맞았다. 그의 이름앞에 늘 붙어 다니는 '중국의 대표적인 공공지식인'(비판적지식인)이라는 수식어는 어느새 '중국에서 가장 난처한', '오만하고 잘난 체하는' 같은 부정적인 말로 변했다. 그 무렵베를린에 간 것도 어쩌면 잠시 여론의 화살을 피하고 싶었기 때문인지도.

　쉬즈위안은 왜 하루아침에 공공지식인에서 공공의 적이 된 걸까. 화근은 그가 진행한 인터넷 매체의 대담 프로그램이었다. 그는 중국 대중오락 프로그램의 대스타 마둥을 초대해 중국 대중문화를 놓고 논쟁을 펼치며 이런 질문을 던졌다.

　"당신은 지금 시대를 좋아하나요?"

　"좋아합니다."

　마둥이 즉답하자 쉬즈위안은 떨떠름한 표정으로 재차 물었다.

　"조금도 거슬리는 게 없단 말인가요?"

　"없어요."

　마둥은 또다시 한 치의 망설임도 없이 대답했다.

　"지금 중국에는 오락지상주의가 만연해 있어요. 이런 통속적이고 비루한 대중문화 환경이 시대와 대중을 무지몽매하게 만들고 있습니다."

　작금의 중국 대중문화는 전혀 영양가 없는 속된 것인데, 중국 사회는 그런 저속한 대중문화를 조장하고 다수 대중은 (생각 없는 바보처럼) 거기에 열광하고 있다며 쉬즈위안이 냉소를 날렸다. 그러자 마둥이 말했다.

"나는 95퍼센트의 절대다수 대중을 위해 존재하고 당신은 당신이 대표하는 5퍼센트의 고상한 소수를 위해 존재하면 됩니다. 우리의 차이는 그것뿐이에요. 먹고살기 바쁜 95퍼센트의 대중은 그저 살아가기 위해 대중오락 문화를 즐기는 겁니다. 고상한 문화를 추구할 목적으로 사는 게 아니에요. 고상한 문화는 당신네 소수 5퍼센트가 추구하면 돼요."

그날 대스타 마둥에게 예기치 못한 반격을 당한 쉬즈위안은 앞에 놓인 호가든 맥주를 들이켜며 흐르는 진땀을 닦아 내야 했다.

쉬즈위안에게 '정신세계가 텅 비었고 저속한 대중오락 문화에 빠져 산다'고 비판받은 대중이 분노한 것은 어쩌면 당연한 결과였다. 쉬즈위안과 마둥의 논쟁은 한동안 중국 인터넷과 대중매체를 달궜고, 이를 둘러싼 갖가지 비평이 오랫동안 쉬즈위안을 그림자처럼 따라다녔다. 대중문화 스타를 초대해 대담 프로그램을 만든 뒤 그걸로 돈을 벌고 명성을 얻은 주제에 누가 누굴 저속하다고 비판하는가?

2010년에도 쉬즈위안은 비슷한 발언을 한 적이 있다. 젊은 작가 한한이 『타임』에서 선정한 '세계 100대 영향력 있는 인물'에 들어가며 중국을 대표하는 시대의 아이콘으로 떠오르자 쉬즈위안은 "한한이 미친 듯이 뜨고 있는 현상은 지금 한창 굴기하는 중국에 내재된 창백하고 비참하며 천박한 현실을 부각시킨다. 이것은 통속적인 대중의 승리이자 전체 민족의 실패다"라며 날 선 비난을 날렸다.

5퍼센트의 고상한 소수 엘리트 문화를 대표하는, 졸지에 잘난 체하는 공공지식인이 돼 버린 쉬즈위안은 사실 잘난 게 아주 많은 인물이다. 그는 줄곧 "돈을 벌고 타락할 권리를 주는 대신 공인으로서 정신생활의 독립성을 포함하여 다른 권리들을 포기하게 하는" 중국 사회의 '미성숙성'을 비판해 왔고, 대안으로 '고급 정신문화'를 지향하는 인문사회과학 서점과 역사평론 잡지, 문화 월간지와 계간지 등을 창간해 지금까지 용케도 망하지 않고 꾸준히 운영하고 있다. 중산층 가정의 외동아들로 곱게 자라 중국 최고 명문 베이징대학에 들어갔고, 졸업하고는 유명 경제 매체와 잡지에서 젊디젊은 나이부터 필봉을 휘두르며 일찌감치 인생 성공이 예견되었던 쉬즈위안. 그는 중국 내 상위 5퍼센트의 고급 인재였다.

초고속으로 성장하는 중국의 시대정신과 마찰하지 않고 그대로만 죽 달려 나갔다면 쉬즈위안은 지금쯤 중국 내 거물급 언론 매체 사장이 됐을지도 모른다. 하지만 그는

⑧ '미성숙한 국가'의 즐거운 '저항자'

다소 순진했다. 시대와 타협하며 속된 성공을 얻는 대신, 시대의 저항자로 남기를 택했다. 그가 저항하는 대상은 아직 여러모로 '미성숙한' 중국이다. "대체적으로 중국은 형편없이 미성숙한 국가다. 이러한 미성숙의 가장 큰 원인은 현재의 정치 제도에서 비롯된 것이다. 포스트 독재가 중국 사회를 극단적으로 왜곡시켜 국민의 사유와 행동을 변형시키고 있는 것이다."(『미성숙한 국가』서문 중에서)

단샹제單向街(일방통행로)는 바로 쉬즈위안식 저항의 출발점이었다. 2005년 말, 쉬즈위안은 여섯 친구와 함께 베이징 원명원 안에 '단샹제투수관'單向街圖書館이라는 간판을 걸고 서점을 시작했다. 언어철학자 발터 베냐민의 충실한 신도였던 쉬즈위안은 서점 이름도 베냐민의 책 제목에서 따왔다. "낯선 도시에서 길을 잃고 헤매는 훈련을 해 봐야 그 도시의 진면목을 알 수 있다"고 말한 베냐민처럼 쉬즈위안은 서점이라는 공간을 통해 일종의 베냐민식 길 헤매기, 사유의 유격전을 펼치고 있다.

단샹제는 나중에 단샹쿵젠으로 이름을 바꾸어야 했다. 상업적 마인드가 없었던 창업 멤버들이 몇 년을 우왕좌왕하는 사이에 누군가 '단샹제'라는 이름으로 상표 등록을 해 버렸기 때문이다. 이후 단샹쿵젠은 베이징 시내의 고급 쇼핑몰 안에 분점 두 곳을 냈고, 베이징 근교 바닷가 베이다이허와 항저우에도 제법 큰 분점을 열었다.

'We read the World'. 단샹쿵젠에 들어서면 벽면에 큼지막하게 쓰인 문구가 보인다. 1년에도 몇 번씩 다른 나라를 유랑하며 다양한 '세계를 읽는' 쉬즈위안, 그가 꿈꾸는 서점도 다양한 세계를 읽고 사유하는 공간이다. 또한 "겨울에는 햇볕을 쬐고, 여름에는 서점 밖 정원에 나와 앉아서 모차르트를 듣고 맥주를 마시며 잃어버린 세대 작가의 작품을 읽는" 낭만적인 서점도 꿈꾼다.

"창업 초기 우리는 단샹쿵젠이 정신을 요양할 수 있는 공간이 되어 사람들이 저속한 대중 가치관의 억압에서 벗어나길 희망했지요. 몇 년의 세월이 흐른 지금, 우리는 이 작은 서점이 보다 큰 가치를 창조하는 입체적인 정신 공간이 되길 바라고 있습니다."

쉬즈위안은 앞으로도 계속 단샹쿵젠 서점을 확대하고 확산하며 '즐거운 저항'을 해 나가겠다고 말한다. "한 사회는 영원히 앞을 향해 달려갈 수만은 없는 법이죠. 뒤도 돌아보고 오른쪽도 보고 왼쪽도 보면서 가야죠. 또한 나처럼 속성 발전을 비판하는 목소리와 다양한 사유 방식이 필요합니다. 그래야만 사회가 더 풍부하게 구성될 겁니다."

⑧ '미성숙한 국가'의 즐거운 '저항자'

그가 중국 내부의 다른 저항자처럼 언제 지하 혹은 지상에서 사라지거나 유폐될지 아무도 모른다. 하지만 각종 서구 이론과 지식에 빠삭한, 호가든과 위스키를 홀짝이며 밤새 음악을 듣거나 글을 쓰는 이 자유로운 지식 유랑자는 절대로 '미성숙한 조국'을 버리고 자기가 좋아하는 빈이나 베를린으로 도피하지 않을 것이다. 쉬즈위안은 베냐민이 말한 도시의 두 가지 부류 '구경꾼과 산책자' 가운데 산책자이기 때문이다. 모든 속성 발전을 증오하고 믿지 않는 그는 자신의 미성숙한 국가를 느긋하게 산책하며 잃어버린 도시의 기억들을 천천히 복원해 나가는, 즐거운 저항자의 길을 기꺼이 그리고 줄기차게 걸어갈 것이다.

덧붙이는 말. 본문에서 언급한 단샹쿵젠 화지디 분점은 2019년 둥펑으로 이전했다. 지금 베이징에는 차오양다웨청에 본점이, 둥펑과 아이친하이에 분점이 있다. ○

당국에 의해 사실상 강제 폐업당한

☞ 상하이의 문화 랜드마크 지펑수위안

어느 날 자고 일어났더니 전자우편함이 열리질 않는다. 자주 가는 한국 포털 사이트는 진즉에 차단되었지만 전자우편까지 전면 차단될 줄은 미처 예상치 못했다. 가상사설망을 깔아야만 열리는 페이스북과 트위터 등은 포기한 지 오래다. 그런데 가상사설망도 열리지 않는다. 한 달에 무려 20위안(3400원)이 넘는 '거금'을 투자해 가끔 차단된 사이트와 블로그 등을 들여다봤는데 이제 그마저도 쉽지 않은

일이 되었다. '범죄인 인도 송환법' 문제로 홍콩에서 대규모 항의 시위가 일어난 뒤에 중국에서 벌어진 일이다.

홍콩 시위가 격화되자 전 중국인이 사용하는 모바일 채팅 위챗에 홍콩 시위 관련 사진을 올리거나 '허위 사실'을 유포하는 자는 엄벌에 처한다는 경고문까지 떴다. 괜한 오기가 발동해 불온 사이트로 차단된 외국 유명 일간지에서 관련 기사와 사진 들을 갈무리해 올려 봤다. 1분도 안 돼 자동 삭제. 다행히 아직 '사상경찰'이 나를 찾아오거나 잡아가지는 않았다. 그나마 감사할 일이다. "5세대 이동통신을 가장 먼저 도입하겠다는 나라에서 이게 무슨 쌍팔년도 짓거리냐"고 친구에게 푸념했다. KGB 출신인 푸틴이 통치하는 나라 러시아에서 오랫동안 살다 귀국한 친구가 말하길, 러시아도 그렇게 심하진 않단다. 미국 다음으로 '힘 자랑, 돈 자랑' 하기 바쁜 중국이 왜 이렇게 인터넷 통제와 감시를 심하게 하는지 당최 이해가 안 간다. 엄청난 비밀과 진실을 안다고 해도 독재와 전체주의 체제에 오랫동안 길든 중국인들은 쉽사리 벌 떼처럼 들고일어나는 성격이 아닌데 말이다. 재산상 불이익을 당하는 일이라면 모를까.

1989년 톈안먼의 악몽을 아직도 기억하기 때문인 걸까? 아니면 같은 핏줄인 홍콩 동포들이 '반중국'을 외치며

⑨ 허가되지 않은 정신은 팔 수 없다

봉기한 것을 보면서 다시 한번 '텔레스크린과 사상경찰'(조지 오웰의 소설 『1984』에 나오는 감시 체제)의 중요성을 뼈저리게 느끼는 걸까? 그래도 아직 '그 시절'처럼 책과 서점을 불태우거나 강제 폐쇄를 하지 않아서 천만다행이라고 하면, 무슨 그런 말도 안 되는 '허위 사실'을 유포하냐고 할지도 모르겠다. 하지만 중국에서는 멀지 않은 과거에 정말로 책과 서점을 모두 없애 버린 시절이 있었다.

나는 1960년대에 태어났고 '3년 자연재해'와 맞닥뜨린 기아 세대였다. 내가 네다섯 살 때 중국은 읽을 책이 없는 시대가 돼 버렸다. 문화대혁명이 일어났고 책과 고전 음악이 대부분 금지됐다. 유년 시절 기억 가운데 책과 관련된 가장 인상 깊은 일이라면, 분서다. 어느 여름날, 어머니가 교사로 계시던 학교에서 붉은 완장을 찬 홍위병들이 낄낄대면서 도서관 책들을 운동장 한쪽으로 내던졌다. (……) 그들은 도서관에서 들고 나온 책들을 불길 속에 던졌다. 마치 야외에서 고기 굽는 놀이를 하는 듯한 장면이었다.

영국 일간지 『파이낸셜 타임스』의 중국 주재 기자 겸 인터넷판 총책임편집자였다가 지금은 상하이 푸단대학

교수인 장리펀이 쓴 에세이 『우리는 한때 책에 굶주린 백성이었다』我們曾是書的饑民에 소개된 일화다. 1966~1976년 문혁 시대에 '읽기'가 허가된 책이라고는 『마오쩌둥 선집』과 혁명 소설 몇 권, 정치 문건들뿐이었다. 영업이 허가된 서점은 국영 신화수뎬이 유일했다.

오랫동안 굶주림에 시달리던 사람들이 먹을 수만 있으면 닥치는 대로 먹는 것처럼, 책과 서점이 사라진 시대를 살아왔던 이들 수황書荒 세대(읽을 만한 책이 없는 시대를 살던 세대) 역시 읽을 수 있는 것이라면 가리지 않고 닥치는 대로 읽었다. 작가 위화는 『마오쩌둥 선집』을 하루 종일 끼고 살다시피 해서 주변 사람들로부터 그 투철한 혁명성을 칭송받았다고 한다. 하지만 위화가 읽었던 것은 실은 『마오쩌둥 선집』 안에 담긴 각종 주석들이었다. 적어도 그 주석에는 역사적 사건과 역사적 인물에 관한 이야기가 있었기 때문이다. 수황 세대는 자아비판과 계급의 적을 비판하기 위한 목적으로 나붙었던 각종 대자보 내용도 달달 외우다시피 읽었다. 특히 불륜이나 치정, 비도덕적 문제를 비판하는 대자보는 금지된 소설을 읽는 것처럼 흥미진진하고 짜릿했다.

1976년 문혁이 끝나고 도서관과 서점이 하나둘 문을

⊚ 허가되지 않은 정신은 팔 수 없다

열었지만 책에 굶주리기는 마찬가지였다. 서점에서 살 수 있는 책은 한정돼 있고 그나마도 서표가 있어야 서점 앞에 줄이라도 설 수 있었다. 서표 한 장당 두 권의 책을 살 수 있었던 시절에 사람들은 서점 문이 열린다는 것만으로도 벅차고 감격스러웠다. "아침 일곱 시 정각에 우리 마을 신화수뎬의 정문이 천천히 열렸다. 순간 뭔가 신성한 느낌이 내 가슴속에서 용솟음쳤다."(위화, 『사람의 목소리는 빛보다 멀리 간다』 중에서)

수황 시대가 가고 지금 중국은 수뎬書店(서점) 시대가 되었다. 도시마다 서점이 넘쳐나고 책들이 쏟아져 나온다. 하지만 지금도 여전히 중국 서점에는 '텔레스크린과 사상 경찰'이 득실댄다. 허가된 책은 팔아도 되지만 허가되지 않은 '정신'은 팔아서는 안 된다. 몇 년 전 빅브라더의 은밀한 사생활과 관련한 책들을 유통하고 팔던 홍콩 퉁뤄완을 비롯한 서점과 서적상은 어느 날 쥐도 새도 모르게 사라졌다. 가끔 홍콩에 갈 때마다 찾던 서점이었는데 말이다. 그 은밀한 사생활이라는 것도 웬만한 사람들은 이미 다 알고 있는 시시한 내용이건만.

상하이 사람들이 가장 아끼던 독립 서점 지펑수위안季風書園(지펑은 '계절풍'이라는 뜻)은 2018년 1월 30일을 마지막으로 완전 폐업했다. "파리에는 셰익스피어앤드컴퍼니가 있듯이 상하이에는 지평수위안이 있다"라고 할 정도로 지평은 상하이 사람들의 자부심이었다. 1997년 중국사회과학원 철학연구소 연구원이던 옌보페이가 주축이 되어 산시난루 지하철역에서 작은 서점으로 출발한 지평은 2018년 완전히 문을 닫기 전까지 상하이 곳곳에 분점 일곱 곳을 운영했다.

2017년 가을 무렵, 상하이에서 만난 저스틴 홍은 지평수위안에 관한 추억을 얘기하면서 중간중간 "이게 다 그 망할 놈의 빅브라더 때문"이라며 주먹을 불끈 쥐고 분노했다. 당시 전국 서점가에 지평수위안이 강제 폐업한다는 소문이 이미 파다했다. 실제로 지평의 일곱 분점은 재정 문제와 임대료 폭등 등 여러 이유로 문을 닫았고, 그때 상하이 도서관 지하철 역사에 마지막으로 남아 있던 지평수위안 본점마저 폐업을 향해 카운트다운하고 있었다.

2008년 베이징올림픽 이후 상하이의 건물 임대료가 열 배 이상 폭등하자 지평수위안 본점은 임대료 폭탄을 맞아 문 닫을 위기에 처했다. 그때 지평을 사랑하는 많은 사람과 상하이 매체들이 중심이 되어 "지하철역에 하겐다즈만 있으면 되겠나, 하버마스도 있어야 한다"는 구호를 외

⑨ 허가되지 않은 정신은 팔 수 없다

치며 '지평 구하기' 운동을 벌인 적도 있다. 그 덕분에 지평은 무사히 위기를 넘겼지만, 2012년 다시 임대 계약이 만료되자 마지막 영업장인 상하이도서관 지하철역으로 이전해야 했다. 이때도 위먀오라는 기업인이 자신의 사재를 털어서 도와주었다. 그리고 6년 뒤, 상하이도서관역의 계약 연장 거부로 지평수위안은 상하이에서 사라졌다. 마지막 영업일인 2018년 1월 30일, 저녁 7시 30분쯤 전기 공급이 차단되자 전국 각지에서 지평의 마지막 날을 지키러 온 사람들이 손에 촛불을 들고 마지막 밤을 밝혔다.

지평수위안은 사실상 상하이 당국에 의해 '강제 폐업' 됐다. 지평은 상하이 지식 사회의 젖줄 역할을 하며 각종 민감한 정치·사회 문제 토론회와 독자모임 등을 열어 왔다. 이를 못마땅하게 여겼던 상하이 당국은 갖은 핑계를 대며 계약 연장을 거부했다. 새로운 서점 자리를 알아보려 했으나 알 수 없는 이유로 계약을 모두 거절당했다고 한다.

지평의 창립자 옌보페이는 마지막 날 이런 소회를 남겼다. "나는 그저 (붕괴를 향해 가는 시대에) 미지의 미래 세계를 위해 몇 줌 안 되는 사상과 생각을 보관하려 했을 뿐이다. 비록 아주 하찮은 것들이긴 하지만 말이다."

"전쟁은 평화, 자유는 속박, 무지는 힘."

조지 오웰의 소설 『1984』에 등장하는 가상의 전체주의 국가 오세아니아를 지배하는 통치당의 3대 핵심 구호다. 그곳에서 역사를 왜곡하고 지우는 작업을 하는 진리부에 근무하던 주인공 윈스턴은 어느 날부터 텔레스크린의 사각지대에서 홀로 일기를 쓰기 시작한다. 일기 쓰기는 오세아니아에서 금지된 행위다. 사유하는 행위이기 때문이다. 그 뒤 윈스턴은 금서로 지정된, 반체제 인사 골드스타인이 쓴 책들을 읽으면서 체제가 강요한 '이중 사고'에서 벗어나기 시작한다.

현실 세계에서도 오세아니아는 여전히 건재하다. 세상의 모든 오세아니아에서 가장 두려워하는 것은 바로 사유하는 힘, 생각하는 능력이다. 그래서 세상의 모든 빅브라더는 사유의 힘을 불어넣는 책과 그것을 파는 서점을 가장 무서워하고 혐오하는 것이다. 그럼에도 불구하고, 해마다 계절풍은 불어온다. ○

⑨ 허가되지 않은 정신은 팔 수 없다

날벼락이 닥쳤을 때 피난처가 돼 주었던

☞ 윈난성 쿤밍 둥팡수뎬1926

"이게 무슨 날벼락이냐!"

아버지가 식사하다가 목에 커다란 생선 가시가 걸려서 하마터면 '저세상'으로 갈 뻔했다고 한다. 그 가시는 식도를 뚫고 넘어가서 천공을 냈다. 고통으로 얼굴이 하얗게 일그러지면서도 "야간 진료비는 비싸다"며 하룻밤 자고 아침에 병원에 가자고 우기는 아버지와 싸우다가, 엄마는 혼자 119에 전화를 걸었다. 병원에 도착하자마자 긴급 수

술에 들어갔고, 담당 의사는 이렇게 말했다. "몇 시간만 더 늦었어도 이 세상 사람이 아니었을 겁니다."

"이게 웬 날벼락이냐!"

친구도 갑자기 날벼락을 맞았다고 하소연이다. 운동 삼아 시작한 배드민턴을 하다가 위에서 날아오는 공이 잘 보이지 않아서 안과를 찾아갔더니, 왜 이제야 왔냐며 이미 녹내장 중기라고 했다는 거다. 단순히 노안이 온 줄 알았던 친구는 그 말을 듣는 순간 눈앞이 깜깜해지고 머릿속이 하얘졌다고 한다. 혼자 사는데 눈이라도 멀면 어떻게 살아야 할까, 이런 걱정이 가장 먼저 떠올랐다고. 정말로 그렇게 되면 완전히 눈이 멀기 전에 스위스에 가서 안락사를 선택해야 하나, 하는 슬픈 상상까지 했단다. 요즘엔 약이 좋아져서 웬만해서는 녹내장으로 실명까지 가는 일은 드물다고 했지만, 친구는 "당해 보지 않으면 모른다"고 응수했다.

"뭔 이런 날벼락이 다 있다냐!"

명문대를 나와 좋은 직장에 다니고 세상에 둘도 없이 착하기까지 한 딸을 두어 입만 열면 딸 자랑하기 바빴던 정혜 아줌마도 어느 날 생날벼락을 맞았다. 직장에서 돌아온 딸이 다음 날 아침 깨어나지 못했다. 한동네에서 자란 엄마 친구, 정혜 아줌마에게 딸은 삶의 기쁨이자 자긍심이었다.

⑩ 죽고 사는 문제 아니면 노 프로블럼

그런 딸이 허망하게 죽어 버리고 인생은 날벼락을 맞았다.

나도 비슷한 일을 겪었다. 그들에 비하면 먹구름 낀 하늘에서 후드득 한 차례 소나기가 지나가는 일이었지만, 친구가 말했듯이 '당해 보지 않으면 모르는 일'이다. 그때 나도 그런 생각을 했다. "이게 무슨 날벼락이냐!"

어느 날 인생에 날벼락이 친다면 우리는 무엇을 할 수 있을까? 긴급 수술을 받거나 안약을 넣는 일이 아니라, 마음에 깊은 상처가 나거나 말기 암 혹은 불치병 선고나 경제적으로 폭삭 망하는 등 앞으로 살아갈 일이 깜깜해졌을 때 말이다.

작가 김훈은 수필집 『밥벌이의 지겨움』에서 통장 잔고가 5만 원밖에 남지 않아 걱정하는 아내를 데리고 인사동 막걸릿집에 가서 남은 돈으로 몽땅 막걸리를 퍼마셨다는 일화를 소개했다. 그 뒤 김훈은 베스트셀러 작가가 되어 통장을 두둑이 채워 넣을 수 있었겠지만, 우리 대부분은 김훈이 될 수 없다. 남은 5만 원으로 호기롭게 막걸리를 사 마실 용기는커녕, 지지고 볶고 싸우다가 결국엔 그 막장드라마 같은 슬픔도 지겨워서 값싼 소주를 병나발 불며 꺼이꺼이 목 놓아 울지만 않아도 다행일 터.

나는 내 인생의 그런 막장드라마 같은 현실에서 도피

하는 방법으로 종종 떠나는 행위를 한다. 이미 엎질러진 물이 된 현실의 비극은 피할 수 없지만, 슬픔을 최소화하는 방법은 분명히 있다. 나에게 그것은 여행이거나 정처 없이 걷는 것이다. 대책 없이 날벼락 같은 일을 당했다고 생각했던 날, 나는 쿤밍으로 떠났다.

쿤밍은 중국 윈난성의 성도이자 타이, 베트남, 라오스 등 동남아시아를 오가는 중간 기착지다. 쿤밍에서 국제버스를 타거나 국경행 기차를 타면 육로로 동남아시아 대부분을 여행할 수 있다. 내 목적지는 쿤밍에서 허커우행 열차를 타고 국경을 넘어 베트남 북부 고원 도시 사파로 가는 것이었다. 하지만 모든 것이 순조롭지 않았다. 베이징에서 출발한 쿤밍행 비행기는 도착 직전 기상 악화로 갑자기 행로를 바꿔서 쓰촨성 청두에 불시착했다. 그러곤 언제 다시 쿤밍으로 출발한다는 말도 없이 승객들을 공항 근처 싸구려 호텔에 집어넣고 사라졌다.

이튿날 새벽, 비행기는 다시 쿤밍으로 출발했지만 예약해 둔 허커우행 기차표는 이미 휴지 조각이 되었다. 쿤밍 기차역에서 다시 표를 사고 또 하루를 기다려야 했다. 예정에 없던 쿤밍 체류에 나는 갑자기 공황 상태가 되었다. 또 하루를 어디로 가서 무엇을 하며 그 묵직한 슬픔을 삭여야만 할까. 움직이고 이동하면 잠시 잊히는 슬픔이 멈추면 다시 스멀스멀 기어 나온다. 쿤밍의 둥팡수뎬東方書店은 그렇게 대책 없는 불시착으로 가게 된 서점이다.

둥팡수뎬이 있는 라오제는 유서 깊은 각종 상점이 밀집한 거리다. 중화민국 시기인 1926년, 창업자 왕스순은 베이징대학 영어과를 졸업하고 고향 쿤밍으로 돌아와 이 서점을 차렸다. 그는 베이징에서 공부하면서 당시 중국 지식 청년들을 들끓게 했던 신문화 운동 영향을 받아 운동권 학생이 되었고, 5·4 운동에도 참가했다. 고향으로 돌아와 서점을 차린 이유도 쑨원의 '삼민주의' 사상을 널리 알리기 위해서였다.

둥팡수뎬의 최고 전성기는 1937년 중일전쟁이 시작된 뒤다. 당시 국민당 정부는 중일전쟁이 나자 베이징대학과 난카이대학, 칭화대학 등을 쿤밍으로 옮겨서 전시 연합대학인 스난연합대학을 만들었다. 스난연합대학이 쿤밍에 자리 잡자 둥팡수뎬은 남쪽으로 피난 온 중국 지식인들의 전시 지식 대피소 역할을 했다. 스난연합대학에서 학생들을 가르치던 당대 최고의 지식인 원이둬, 첸중수, 린위탕, 후스, 페이샤오퉁 등은 둥팡수뎬의 단골손님이었다.

학생이나 교수나 대부분 가난했던 시절, 지식인들은

둥팡수뎬을 자신의 서재나 도서관처럼 이용했다. 돈이 궁할 때는 서점에 헌책을 팔아 생활을 꾸리기도 하고, 헌책을 다른 책으로 바꿔 가기도 했다. 전시 상태여서 서적 공급이 끊긴지라 스난연합대학 교수와 학생 들이 파는 헌책은 둥팡수뎬의 주요한 서적 공급원이었으며, 쿤밍으로 피난 온 지식인들에게 둥팡수뎬은 정신의 등불 같은 장소였다.

둥팡수뎬에 들어가자마자 입구 위쪽으로 중화민국 시기와 스난연합대학 시절 이 서점을 드나들던 지식인들의 흑백사진이 보인다. 그들의 사진은 둥팡수뎬의 역사와 정신을 반영한다. 공산당 정권이 들어서면서 중국 전역에 신화수뎬만 남은 '서점 몰락' 시대를 맞았을 때, 둥팡수뎬도 잠시 사라졌다.

그러다가 2018년 6월, 둥팡수뎬은 옛 모습 그대로 다시 문을 열었다. 1926년 창업 당시 모습을 복원한 사람은 전직 언론인 출신 리궈하오. 둥팡수뎬의 과거를 되살려 지금을 사는 이들에게 공공의 서재 같은 공간을 선사하고 싶었던 그는 서점 이름도 '둥팡수뎬1926'이라고 지었다.

쿤밍에서 대책 없이 하루를 묵어야 했던 날, 나는 곧바로 둥팡수뎬으로 갔다. 그곳 말고는 달리 가고픈 곳이 떠오르지 않았다. 마치 중화민국 시절로 돌아간 듯한 고풍스

⑩ 죽고 사는 문제 아니면 노 프로블럼

러운 분위기의 서점에는 그 흔한 베스트셀러가 한 권도 눈에 띄지 않았다. 직원에게 물어보니 이런 대답이 돌아온다. "둥팡수뎬에서는 베스트셀러와 자기계발서, 돈 잘 버는 법 유의 책은 팔지 않아요. 그런 책들은 다른 서점에도 널려 있으니까요. 굳이 우리 서점에서 팔 필요가 없죠."

나는 둥팡수뎬에서 하루 종일 노닥거리듯 책 사이를 배회했다. 장아이링의 자서전을 흥미롭게 읽다 보니 비행기 불시착으로 모든 일정이 엉망진창이 되어 화병 나기 직전이었던 마음이 조금씩 풀렸다. 나보다 더 슬프고 비극적인 삶은 언제나 이기적인 위안을 주는 법이다.

다음 날 허커우행 기차를 타고 국경을 넘어 베트남 사파로 갔다. 그곳에서 나는 한동안 날벼락 같은 슬픔과 인생의 희로애락 등을 핑계 삼아 날마다 하노이 맥주를 홀짝이다 홀쩍이곤 했다. 그러다 누군가에게 들은 한마디가 문득 떠올랐다. "죽고 사는 문제가 아니면 노 프로블럼."

야간 진료비가 무서워 병원 가기를 미뤘던 아버지는 억지로 구급차에 실려 가 응급 수술을 받고 기적적으로 소생했다. 그 뒤 아버지는 엄마에게 늘 생명의 은인이라고 고마워하며 남은 생은 그렇게 아등바등 살지 않겠다고 맹세했다고 한다. 녹내장을 선고받은 친구도 안압을 낮추기 위해 좋아하던 술을 딱 끊고 건강 관리 모드로 생활 방식을 바꿨다. 딸을 잃은 정혜 아줌마도 한동안 슬픔에 방황하다가 부동산 투자인지 투기인지가 성공해서 큰 건물을 사고 부자가 되어 1년에도 몇 차례 외국 여행을 바람 쐬듯 하며 살고 있다.

사파에서 돌아온 나도 '죽고 사는 문제가 아니면 노 프로블럼'을 격언처럼 새기면서 씩씩하게 잘 살아가고 있다. 인생이 어느 순간 낯선 곳으로 불시착해도, 우리는 그곳을 중간 기착지 삼아 새로운 곳으로 이동하면 된다. 날벼락 같은 인생에도 전시 피난처 같은 둥팡수뎬은 늘 존재할 것이다. ◌

세상을 배부르게 읽는 길 위의 인생

☞ 윈난성 리장 돈키호테

나는 지금 스페인 산티아고 순례길을 걷고 있다. 돈키호테처럼 한동안 반미치광이 상태로 걷기에 몰두하며 세상을 떠돌고 싶었다. 기사 소설에 빠져 미치광이가 된 돈키호테는 "그동안 읽은 것을 모두 실천하며 세상 곳곳을 떠돌리라 마음먹으며…… 어느 무더운 7월, 아직 동이 트지 않은 새벽…… 아무에게도 알리지 않은 채 엉성한 투구를 뒤집어쓰고 로시난테에 올라탄 뒤…… 불의와 폐단이 가득한 세상을 향해" 출정하지 않았나.

어느 무더운 7월 동트지 않은 새벽, 나도 피땀 흘려 숨겨 놓은 비상금을 찾은 뒤 엉성하게 싼 배낭을 메고 좌석이 텅텅 빈 최저가 비행기에 올라탔다. 그렇게 나는 채워지지 않은 호기심을 품은 채 미지로 가득한 길을 향해 출정했다. 로시난테와 산초 판사 같은 내 길동무는 중학생 딸과 이제 갓 초등학교를 졸업한 아들이었다.

이 순진한 아이들은 학교 방학숙제를 면제해 주고 평소 동경해 마지않던 피자, 햄버거, 스테이크를 날마다 먹여 주겠다는 교활한 꼬임에 넘어가 출정 첫날부터 악 소리 나는 피레네산맥을 넘으며 생애 첫 고행을 맛보는 중이다. 지옥불처럼 활활 타오르는 한낮의 태양은 멀쩡하던 정신도 돈키호테 옆차기할 만큼 돌아 버리게 만든다. 온몸은 이미 간장에 달달 졸여지다 못해 까맣게 타 들어가는 닭볶음탕 같은 신세다.

아이들은 날마다 "아동학대죄로 고발하겠다"라는 협박과 "열사병에 걸려 순교하는 우리를 길 위에 묻어 달라"는 유언을 한다. "매년 이맘때 태양이 가장 악랄해질 때, 엄마는 (무덤에 묻힌) 우리를 만나러 와서 평생 이 고문 같은 순례길을 걸어야 한다"고도 덧붙였다. 불도장에 지진 것처

⑪ 가난하니까 모험을 한다

럼 온몸의 피부가 벗겨지고 (다행히 미모가 아니라 그리 억울하지는 않지만) 중년의 얼굴이 초로의 노인처럼 변해 가는 걸 보고 나서는 나도 내가 상당히 '미친년'이라고 인정했다. 도대체 무슨 영광을 얻으려고 이 불구덩이 같은 길을 하루 종일 걷고 있는 걸까. 아이들은 또 무슨 죄고.

체면치레할 정도로만 적당히 걷다가 역대급 폭염으로 타 죽을 것 같다는 합리적인 핑계를 대고 그만 걸을까 했다. 그러던 어느 날, 길에서 그들을 만났다.

집채만 한 배낭에 모든 살림살이를 다 걸머지고 걷는 그들은 영락없는 떠돌이 집시였다. 긴 레게 머리를 찰랑찰랑 늘어뜨린 그는 여자 친구와 개 두 마리와 함께 체코 프라하에서 왔다고 했다. 나는 그를 '카프카'로 기억하기로 했다. 딱 보기에도 가난이 몸에 밴 그들은 노숙을 밥 먹듯 하고, 잠깐 쉬어 가는 마을 카페에서도 늘 가장 싼 아메리카노 한 잔만 마셨다. 며칠 동안 계속 같은 길을 걸으면서 그들이 카페에서 음식을 사 먹는 걸 본 적이 없다.

우리가 목적지 마을에 도착해 마을 어귀 레스토랑에서 늦은 점심을 허겁지겁 먹을 때에도 종일 앞서거니 뒤서거니 같이 걸어왔던 그들은 1유로짜리 맥주 한 잔씩만(그것도 작은 컵으로) 시켜 마셨다. 주인들을 닮아 순둥순둥

한 개들도 아무 욕망 없는 눈빛으로 그늘 밑에 가만히 웅크리고 앉아 있었다.

산토도밍고를 출발해 벨로라도로 가는 길에 가랑비가 내리기 시작했다. 작은 성당을 중심으로 몇 가구가 옹기종기 모인 작은 마을에서 비도 피할 겸 잠시 쉬어 가기로 했다. 개를 몹시도 사랑하는 아이들이 일부러 그들 옆에 가 앉았다. 나는 담배 한 개비씩 피우며 쉬고 있는 그들과 잠깐 이야기를 나눴다.

"왜 걷니?"

"뭐 특별한 이유 없어. 한 번쯤 오고 싶었던 길이었어. 여름에는 길에서 자도 안 춥고 짐도 많이 필요 없잖아. 조금 더 늙으면 걷기 싫어질 것 같아서 지금 걷는 거야. 넌 아이들까지 데리고 왜 걷니?"

"나도 뭐 특별한 이유 없어. 걸으면서 생각해 보려고. 근데 넌 꿈이 뭐니?"(영어가 짧아서 이런 간단한 대답과 쉬운 질문밖에 할 수 없었다.)

"꿈? 그런 거 없어. 꿈은 잘 때나 꾸는 거야. 잠에서 깨면 꿈에서도 깨어나는 거야. 이렇게 산티아고를 향해 걷고 있는 게 꿈같은 일 아냐? 넌 무슨 꿈이 있어?"

"나도 없어. 오늘 자면서 꿔야지."

⑪ 가난하니까 모험을 한다

한때 중국 윈난성 리장에 빠져 살았다. 남편과 대판 싸운 뒤 이혼을 결심하고 아무도 모르는 곳에 가서 숨어 있고 싶을 때면 리장으로 갔다. 그 뒤 리장은 마음의 고향 같은 곳이 되어 1년에 한두 번씩 고향 가듯 찾아갔다. 나는 베이징보다 리장에 더 많은 친구가 있다. 지난해 여름에는 아이들과 한 달 동안 리장의 친구 집에서 지냈다. 고원 지대라 한여름에도 아침저녁으로 서늘한 가을바람이 불었다.

상하이에서 알게 된 한 서점 주인이 리장에 가면 꼭 만나 보라고 소개해 준 사람이 있다. 그이는 리장의 수허 고성에서 돈키호테라는 객잔을 운영하는데 서점을 차리는 것이 꿈이라고 했다. 그리고 2018년 여름, 우리가 리장에 갔을 때 그이가 꿈꾸던 서점이 드디어 문을 열었다. 서점 이름도 객잔과 똑같은 돈키호테堂吉訶德.『돈키호테』는 서머싯 몸의『달과 6펜스』, 카뮈의『이방인』과 더불어 그이가 가장 좋아하는 소설이었다. 그이는 삶의 연륜과 달리 이제 겨우 스물아홉 먹은, 아직은 젊은 처자다.

돈키호테 서점 주인 왕팅이 꿈꾸는 인생은 자유로운 삶이다. 돈키호테가 늙다리 종마 로시난테를 타고 녹슨 창을 휘두르며 풍차를 향해 돌진하는 것도 자유를 위해서라고 해석한다. 왕팅은 그 자유를 위해 고향 간쑤성에서 탈출

했다. 그리고 중국 전역을 돌아다니며 노숙하고 행상도 하고 옷가게도 했다. 그러다 돈이 조금 모이자 리장에 카페와 객잔을 차렸다. 왕팅에게 리장은 그동안 떠돌며 겪어 본 세상의 수많은 장소 가운데 가장 자유로운 영혼을 가진 곳이었다.

왕팅이 그럴듯한 객잔과 카페, 서점을 운영하는 것을 보고 '부모 잘 둔 덕에 젊은 나이에 고생 안 하고 산다'며 뒷말하는 이들이 간혹 있다. 자신이 어떻게 살아왔는지 잘 모르는 사람들이 그런 말을 할 때 왕팅은 분하다고 한다. 돈키호테처럼 미쳐서 세상 밖으로 뛰쳐나갈 용기도 없는 사람들이 타인의 자유와 신앙에 대해서는 함부로 입을 놀린다며.

멍훠훠는 왕팅의 서점에서 처음 열린 '독자와의 대화'를 주최한 작가다. 이제 갓 서른을 넘겼지만 초로의 중년으로 보이며 190센티미터가 넘는 키에 장대높이뛰기 선수 같은 긴 다리를 가졌다. 그는 요즘 중국에서 뜨는 작가군을 형성하는 여행 작가다.

중국의 1980~1990년대생은 집 밖을 벗어날 수 없었거나 벗어나는 걸 두려워했던 조부모와 부모 세대와는 달리 소셜네트워크서비스SNS에 여행 사진을 과시하는 것을

⑪ 가난하니까 모험을 한다

새로운 부의 기준으로 삼는 세대다. 경제가 발전하고 소득 수준이 높아지면 문화 소비도 늘듯이, 중국도 여행 산업이 비약적으로 발전하고 있다. 소득 수준별로 특화된 여행 상품이 출시되고 여행 잡지도 대폭 늘어난 데다가, 여행 욕구를 대리만족시켜 주는 다양한 여행 작가가 등장해 중국 출판계의 새로운 흐름을 이루고 있다.

휘휘의 본업은 사진작가 겸 영화 촬영감독이다. 영화를 촬영해 번 돈으로 여행을 떠나고 사진을 찍고 글을 써서 책을 출판한다. 지금까지 총 25개국을 여행했다고. 휘휘는 여행기를 출판하면 출판사가 책을 팔아 주거나 독자가 알아서 책을 사 주기를 기다리지 않는다. 책을 내자마자 바로 북콘서트 투어에 나선다. 여러 서점과 연락해서 일정을 잡고, 현장에서 독자들에게 책을 팔고 사인을 해 준다. 그렇게 해서 초판은 거뜬히 다 판다고 한다.

왕팅의 돈키호테에서 만난 휘휘는 자기를 '가난한 사람'이라고 소개했다. 가난하기 때문에 끊임없이 꿈을 좇아다닌다고. 25개국을 여행하며 사진을 찍고 글을 썼다고 하면 사람들은 얼마나 부자이기에 저렇게 자유롭게 놀면서 한가롭게 돈을 버나 싶어 부러워한다. 하지만 자기는 태생적으로 가난하기 때문에 자유롭고, 자유롭기 때문에 한가하게 여행을 다니면서 돈도 벌 수 있다고 너스레를 떤다. (돈만 많은) 부자들은 절대로 내면이 자유로운 여행을 못 한다고.

길 위에 서 보니 세상에는 수많은 돈키호테가 있다. 개들을 데리고 순례길을 걷는 가난한 카프카 일행을 비롯해, 갓난아기를 유아차에 태우고 짐을 한 수레 밀고 다니면서 걷는 젊은 부부, 결혼해서 아이를 낳고 키우며 살아 봤지만 결국엔 혼자가 되더라며 남은 생은 혼자 씩씩하게 잘 살아 보기 위해 산티아고 길을 걷고 있다는 타이완에서 온 중년 여인. 그리고 마오쩌둥에 패해서 장제스 일행과 함께 배를 타고 타이완으로 도망치다가 풍랑을 만나 제주도에 정착한 중국인 어머니와 한국인 아버지 사이에서 태어나 제주도와 부산에서 어린 시절을 보내고 미국으로 이민 가서 지금은 미국 시민이 되었다는 진유근 씨. 그는 중년 나이에 문득 '나는 누구인가' 싶어져 산티아고에 오게 되었고, 길을 걸으며 누구에게나 "저는 한국에서 온 사람입니다"라고 말하는 자신을 발견했다고 한다. 내가 길에서 만난 사람들은 모두 자기만의 돈키호테를 품고 있었다.

아동학대죄로 엄마를 고소하겠다고 벼르던 아이들은 이제 자기 운명을 받아들이며 하루에 20킬로미터만 걸어도 너무 행복하다고 고마워한다. 다행히 순례길이 중반으로 접어들면서 독기를 내뿜던 태양도 순해지고 길도 시원해졌다. 길을 걸으면서 아이들에게 내 준 이번 여름방학 숙제. "세상을 배부르게 읽어라!" ○

영문 책에 목마른 자들의 새로운 성지

☞ 베이징 첸먼 페이지원

다른 사내들은 아내를 바꾼다. 차를 바꾸기도 한다. 아예 성性을 바꾸는 사내도 있다. 중년에 맞는 위기의 포인트는 뭔가 놀랍도록 다른 일을 함으로써 젊은 시절과의 연속성을 보여 주는 데 있다.

— 토니 주트, 『기억의 집』에서

내가 좋아하는 유럽역사학자 토니 주트에게 '중년의

위기'는 체코어 배우기였다. 두 번째 이혼을 한 그는 모든 것이 지루하고 심드렁해지고 불확실해진 인생의 중년기에 새로운 외국어 공부를 시작했다. 체코어를 공부하면서 그는 그동안 많이 안다고 자부했던 유럽 역사를 새로이 인식하게 되었다고 고백했다.

　　한때 내가 좀 멋있다고 생각했던 중국 부동산 재벌 왕스는 중년에 서른 살 이상 연하인 자기 딸 또래의 삼류 연예인과 연애하면서 아내를 바꿨다. 중국 최고위급 관료 딸인 전처 덕분에 중국 굴지의 부동산 회사 재벌이 될 수 있었던 왕스는 에베레스트 꼭대기에도 오른 적 있는 등산 애호가다. 고급 차를 몰고 어린 애인들을 데리고 프랑스 파리와 이탈리아 등에서 명품을 잔뜩 사서 들어오는 중국의 졸부들과 달리, 산을 좋아하고 걷기를 좋아하는 그가 중국에서는 드물게 멋진 비즈니스맨이라고 생각했다. 그런 그도 중년을 견디기가 위태로웠는지 바람이 나서 아내와 이혼하고는 뉴욕으로 날아가 젊은 애인과 나란히 영어 학원에 다니며 외국어를 공부했다. 그들은 외국어를 공부하면서 어떤 인식의 지평을 넓혀 갔으려나.

　　얼마 뒤에 우연히 들른 서점에서 그들의 얼굴이 전면에 인쇄된 책이 정중앙에 나란히 진열된 모습을 보았다. 성

⑫ 중년, 연애하거나 외국어 배우거나

공 어쩌고 하는 제목이었던 듯하다. 삼류 연예인에서 일류 재벌의 애인이 된 그녀는 아름답고 도도한 얼굴에 득의만면한 웃음을 지으며 '성공'을 설파하고 있었다. 겉으로는 돈 많은 영감탱이와 사니 성공한 것 같냐고 비웃었지만, 속으로는 많이 부러웠다. 어쨌든 성공했으니. 그에 견줘 왕스는 예전보다 좀 밥맛 떨어지는 인간이 되었다. 그 나이에 온갖 폼을 잡고 별로 고급스럽지도 않은 자동차와 시계 광고를 하면서 "성공한 남자의 상징"이라고 외치고 있으니.

지금도 여전히 좋아하는 중국 가수 왕페이는 두 번 결혼하고 두 번 이혼했다. 왕자웨이 감독의 영화 『중경삼림』에서 비행기 승무원으로 등장하는 왕페이의 인상적인 모습을 기억하는 사람이 많을 것이다. 량차오웨이(양조위)가 멋있어서 보게 된 그 영화에서 나는 왕페이에 꽂혔고, 이내 왕페이의 왕팬이 되었다.

왕페이의 두 번째 남편은 내가 중국에 온 뒤 가장 좋아했던 연예인 리야펑이다. 홀로 맥주 홀짝이며 그가 나오는 모든 드라마를 섭렵하면서 '방구석에 콕 박혀 중국어 배우기'에 몰두하던 시절, 나는 날마다 리야펑 같은 중국 애인을 사귈 수 있기를 간절히 바랐다.

그가 왕페이와 결혼한다는 빅뉴스를 보고 '내 인생은

나의 것'이라는 소신대로 사는 왕페이는 역시나 참 멋진 여자라고 생각했다. 하지만 몇 년 뒤 왕페이의 이혼 소식이 전해졌고, 얼마 뒤 열세 살 연하의 홍콩 유명 연예인 셰팅펑과 데이트하는 모습이 포착됐다. 홍콩 배우 장바이즈의 전남편이기도 한 셰팅펑은 왕페이가 젊은 시절 7년 동안 뜨거운 연애를 했던 옛 애인이다. 그런 그들이 중년에 다시 만나 연인이 됐다. 요리를 잘하는 셰팅펑은 날마다 왕페이에게 맛있는 요리를 해 주며 그들이 새롭게 선택한 중년의 사랑을 달달하게 이어 간다고.

왕페이와 비슷한 나이인 나도 '이렇게 살 수도 죽을 수도 없는' 중년이 됐다. 어느 날 거울 속에 비친 나는 귀밑머리가 하얗게 세고 얼굴에 기미와 주름이 자글자글한 못생긴 중년 아줌마였다. 평생 변치 않는 동안으로 살 거라 자신했는데, 이제는 얼굴에 찍어 바를 주름살 커버 화장품을 검색해야 하는 신세다. 외모 자본도 떨어지고 돈도 능력도 없는 나는 그들처럼 중년 나이에 과감하게 남편을 버리고 새 애인을 사귈 가능성도 없다. 하지만 나도 그들처럼 놀랍도록 다른 일을 하면서 자칫하면 위기나 권태에 빠질지도 모르는 중년의 삶을 다시 젊게 하고 싶다. 나는 무엇을 해야 한단 말인가?

⑫ 중년, 연애하거나 외국어 배우거나

얼마 전, 나는 드디어 산티아고 순례길을 완주했다. 길은 그야말로 구불구불, 울퉁불퉁, 파란만장한 인생길의 축소판 같았다. 첫날 피레네산맥을 넘어 도착한 수도원 숙소 론세스바예스 알베르게에서 여러 사람이 이고 지고 온 배낭 속 물건을 하나둘 버렸다. 어떤 이는 아예 배낭과 등산화를 벗어 놓고 다음 날 이른 새벽 조용히 사라지기도 했다. 이 길은 내가 가야 할 길이 아니라는 깊은 깨달음을 얻은 듯하다. 나도 그 길에서 깨달음을 좀 얻었다. 외국어를 공부해야 하는구나.

스페인어는커녕 좀 배웠다는 영어도 잘 못하는지라 길을 걷는 내내 나에게 엄청난 관심과 뜨거운 눈길을 보낸 수많은 '조지 클루니'들과 사귈 기회를 갖지 못했다. 그저 어버버 웃기나 하고 "아임 프롬 코리아"만 자신 있게 외쳐 댔다. 그 길에서 가장 많이 사귄 외국인은 타이완인과 홍콩인, 스페인에 사는 중국 화교들이다. 말이 통하는 중화권 외국인을 만나면 마치 동포인 양 반갑고 감격스러워서 종일 재잘거리며 웃고 떠들었다. 그들도 나와 같은 심정이었는지 "외국인과는 말이 안 통해서 답답하다"고 했다. 중국어를 할 줄 아는 나는 그들에게 '외국인'이 아니었다. 나 역시 말이 통하는 중화권 사람들이 외국인처럼 여겨지지 않았다. 피는 물보다 진하다고 하지만, 언어야말로 '피'를 뛰어넘는 인류애와 동질감을 느끼게 해 준다. 그리하여 나는 "더 나은 삶을 상상하라"고 외쳤던 토니 주트처럼, 내일모레면 오십이 돼 가는 중년에 새로운 외국어를 공부하기로 결심했다.

중국에서 외국어로 된 책을 파는 가장 오래된 서점은 와이원수뎬外文書店이다. 신화수뎬과 더불어 중국의 대표 국유 서점인 와이원수뎬은 1990년대까지만 해도 외국어 서적 분야에서 독보적 존재였다. 하지만 온라인 서점과 세련된 서구식 서점이 늘어나면서 와이원수뎬도 신화수뎬처럼 서점 업계에서는 그저 상징적 존재로만 남았다. 대신 최근에 대세가 되어 가는 외국어 서적 분야의 최강자는 페이지원PageOne이다.

페이지원은 원래 싱가포르에서 들어온 외국 브랜드 서점이다. 1983년 싱가포르에 처음 생긴 뒤로 홍콩, 타이완, 말레이시아, 타이 등 주로 아시아로 진군했고, 중국 대륙에는 2010년 항저우에 첫 간판을 달았다. 현재 베이징 싼리툰, 왕징, 첸먼 등 핫플레이스마다 페이지원 간판이 걸리면서 중국 토종 서점들을 제치고 가장 인기 있는 서점으로 떠올랐다.

최근 베이징에서 가장 번화한 첸먼 거리에 분점을 낸 페이지원은 베이징 최대 규모인 데다 24시간 문을 연다. 톈안먼 광장과 첸먼대로가 훤히 내다보이는 3층에 올라가서 통유리 너머로 희미한 쯔진청(자금성)을 보노라면 여기가 서점인지 관광용 전망대인지 헷갈리곤 한다. 사실 첸먼점은 포르투갈 포르투에 있는 렐루 서점처럼 관광객에게 점유당한 지 오래다. 여기저기서 휴대전화 카메라 누르는 소리와 포즈 잡는 모습들로 요란하다.

페이지원은 원래 디자인·예술 관련 책을 주로 출판하고 판매하는 출판사 겸 서점이었다. 지금은 모든 분야 책을 파는데 무엇보다 각 분야의 영어권 책이 가장 많이 꽂혀 있다. 영어권 국가 베스트셀러와 고전이 골고루 있어 영문 책에 목마른 자들은 언제든지 페이지원으로 달려가면 된다. 게다가 서점 인테리어가 베이징 서점 가운데 최고 수준인지라 책 구경 왔다가 마치 고급 미술 전시회를 본 듯 눈도 호강하고 가는 곳이다. 그러니 누가, 아직도 케케묵은 인테리어와 조지 오웰이 누군지도 모르는 직원이 하루 종일 하품이나 하는 지루한 와이원수뎬에 가서 폼 잡고 외국 원서를 뒤적이고 싶겠는가?

페이지원 24시간 매장이 들어선 첸먼 거리는 톈안먼

과 쯔진청, 인민대회당, 왕푸징, 역사박물관 등 베이징의 거의 모든 관광지가 밀집된 곳이라 전 세계에서 찾아온 관광객이 날마다 바글거린다. 중국 정부는 그 금싸라기 같은 땅을 페이지원 서점에 내줬다. 그곳에 들어가 세계를 보라는 것인지, 통유리 너머 중국을 보라는 것인지 알쏭달쏭하지만 말이다.

"체코어를 향한 모험 덕분에 아내를 새로 맞은 것도 아니고, 새 차를 바꾼 것도 아니다. 하지만 그 모험은 내가 바랄 수 있는 최고의 중년의 위기였다." 우연히 참석한 체코의 한 학술 세미나에서 체코어에 흥미를 느낀 토니 주트는 나와 비슷한 나이에 체코어를 기초부터 차근차근 공부하기 시작했다. 그리고 중년의 위기를 새로운 외국어 공부라는 모험으로 돌파해 갔다. 세계적 잡지 『뉴요커』의 교열책임자인 메리 노리스는 『그리스는 교열 중』이라는 책에서 그리스어를 공부하고 그리스를 여행하면서 "나는 그리스어에서 위안을 얻었고 그 덕분에 나의 모국어에서, 또 모국어와 함께하는 삶에서 벗어나는 기분이 들었다"고 말했다. 메리 노리스의 말을 빌려, 나도 중년의 삶을 새롭게 살기로 했다. "이제 나는 아주 새로운 알파벳으로 새 출발을 할 작정이다. 무지무지 설렌다."

⑬ 중년, 연애하거나 외국어 배우거나

내년 여름쯤이면, 토니 주트나 메리 노리스처럼 내가 공부한 언어의 고향으로 여행하면서 더 나은 삶을 살지도 모르겠다. 운 좋으면 그곳에서 만난 멋진 사람과 연애도 하고 남편을 바꿀지도. 나라고 왕페이처럼 못 살란 법 있는가. ○

누구나 평등한 존재가 되는 심야 책방

☞ 베이징 싼리툰 싼롄타오펀

아침 7시께, 집 앞 버스 정류장에는 베이징 내 거의 모든 국제학교 버스가 줄줄이 정차한다. 날마다 아파트 베란다 창문 너머로 보이는 풍경이다. 어느 날 학교에서 돌아온 중학생 딸이 뜬금없이 묻는다. "엄마, 우리 집은 무슨 계급이야?"

딸도 집 앞 정류장에서 학교 버스를 타고 등교한다. 베이징 국제학교 가운데 학비가 가장 저렴한, 중국 공립학교

내에 설립된 국제학교다. 1년에 학비가 1억 원 가까이 드는 영미 계열 국제학교 학부모들 사이에서는 그냥 '로컬'로 통한다. 우리 형편에는 '로컬 국제학교' 학비도 만만치 않은 부담이다.

남편 사업이 승승장구할 때는 나도 '베이징 사모님'을 꿈꾸며 아이들이 고급스러운 교복과 가방을 메고 자랑스러운 학교 로고가 새겨진 '진짜' 국제학교 버스를 타고 등교하는 모습을 상상했다. 아이들을 학교에 보내고 분위기 있는 브런치 카페에서 국제학교 부모들과 한담을 즐기며 과외 교사와 진학 정보 등 우리만 아는 '절대 비밀' 정보를 교환하며 한나절을 폼 나고 품격 있게 보내는 모습도 상상했다. 말로만 듣던 '인터내셔널 스쿨 계급'이 되어 있는 모습을 말이다.

하지만 어쩌다 보니 우리는 '로컬 계급'이 되었다. 하마터면 '베이징 사모님'이 될 뻔했던 나는, 브런치 카페는 지나가다 구경만 할 뿐 날마다 홀로 집구석에 처박혀 주로 달걀프라이와 김치찌개를 아침 겸 점심으로 먹는다. 목이 멜 때면 가끔 수입 맥주를 홀짝이고, 인기 드라마를 보면서 혼자 낄낄거리며 밥알을 우물거린다.

딸의 질문을 받고 잠시 생각에 잠겼다. 우리는 무슨 계

⑬ 책벌레는 될지언정 기생충은 되지 말자

급일까. 딸이 말하길, 아침에 학교 버스를 기다리다 보면 정류장에 서 있는 아이들의 '수준'이 한눈에 파악된다고 한다. 입고 있는 교복과 가방에 새겨진 학교 로고, 그들이 올라타는 버스의 크기, 정류장까지 아이들을 태우고 오는 부모들의 자가용 브랜드 등으로 그 모든 것을 한순간에 알아차릴 수 있다. 가장 밑바닥 계급은 '자토바이'라 부르는 소형 오토바이나 자전거 뒤에 아이들을 태우고 쌩 지나가는 사람들이란다. 그나마 정류장에서 학교 버스를 기다리는 자기는 그들보다 좀 나은 계급인 것은 틀림없지만, 고급 자가용을 타거나 비싼 국제학교 버스에 올라타는 아이들을 보고 있노라면 '나는 뭐지?'라는 생각이 절로 든다고.

중국 아파트 가격은 층수에 따라 다르다. 그건 한국도 마찬가지지만, 중국에선 우리와 달리 꼭대기층이 가장 비싸다. 중국에서 가장 유명한 부동산 재벌 소호그룹의 총수 판스이 부부는 자기 회사에서 지은 모든 건물의 꼭대기층에 자신들만의 집무실이나 주거 공간을 남겨 놓는다고 한다. 베이징 시내가 훤히 보이는 그곳에 서서 창 너머 세상을 '내려다보는' 기분이 아주 좋다나.

1927년에 개봉한 독일 프리츠 랑 감독의 영화 『메트로폴리스』는 지금 보면 조금 유치한 면도 있지만, 20세기

초에 만든 영화치고는 그 상상력이 가히 천재급이다. 그가 영화에서 그리는 '미래 도시'는 오늘날 자본주의 세계의 거대도시 모습과 놀랍도록 비슷하다.

『메트로폴리스』는 초고층 건물과 지하 세계에 사는 두 계급의 이야기를 다룬다. 봉준호 감독의 『기생충』과 묘하게 닮았다. 『메트로폴리스』 속 초고층 건물의 상층에는 돈 많은 자본가가 날마다 파티를 열고 고상한 예술과 학문을 논하며 그들만의 절대 행복을 누리며 산다. 반면 지하 세계에 사는 노동자들은 상류 계급의 평화롭고 행복한 삶을 위해 더럽고 열악한 환경에서 수많은 기계를 조작하고 수리하며 산다. 지상과 지하로 구분되는 두 세계는 평범한 일상에서는 결코 만나는 일이 없다. 혁명이나 폭동이 일어나지 않는 한, 그 계급 세계가 전복될 일은 결코 없다.

군함도의 고층 주택의 위층에는 채소밭이 있었습니다. 볕이 잘 드는 고층은 미쓰비시 직원들이 점령하고 그 아래를 계급순으로 나누어 살았다고 합니다. 건물이 밀집해 있기 때문에 아래층에는 볕이 들지 않습니다. 거기에 조선인과 중국인을 수용한다는 확실한 서열 구조가 존재했습니다.

⑲ 책벌레는 될지언정 기생충은 되지 말자

— 강상중·우치다 다쓰루, 『위험하지 않은 몰락』 중에서

류승완 감독의 영화 『군함도』로 잘 알려진, 일제강점기에 강제 동원으로 탄광 사업을 벌였던 일본 나가사키현 군함도에서도 계급에 따라 층수가 배치됐다. 강상중은 일본 근대는 이런 아래층 사람들, 즉 '인간기둥'이 지탱해 왔고 지금도 마찬가지라고 했다.

2010년 10월, 중국 허베이성에서 교통사고가 일어났다. 밤중에 차를 몰고 여자 친구를 만나러 가던 남자가 대학교 내에서 길 가던 여학생 두 명을 친 뒤 그대로 지나쳤다. 차에 치인 여학생 한 명은 죽고 한 명은 중태에 빠졌다. 아무 일 없다는 듯이 다시 차를 몰고 교내를 빠져나가려던 가해자는 주변 학생과 경비에게 저지당하자 신경질적으로 말했다. "너희가 능력이 있으면 날 고발해! 우리 아빠가 리강이야."

리강은 당시 허베이성 공안 부국장이었다. 그 뒤로 '우리 아빠가 리강'이란 말은 중국에서 권력 불평등을 상징하는 유행어가 되었다. 중국에서는 경제적 부의 격차뿐 아니라 정치사회적 권력의 높낮이에 따라 계급이 나뉜다(중국만 그러겠느냐만). '푸얼다이'富二代(부자 2세), '관얼다이'官二

代(고위 관료 2세)는 부모의 계급 권력을 그대로 이어받아 무슨 짓을 하든 '우리 아빠가 누구누구'라는 말 한마디로 모든 것을 해결한다. 그리고 그들은 예외 없이 볕 잘 드는 고층 건물이나 별장에 살고 있다.

"세상에 평등 따윈 없습니다. 세상은 원래 불평등해요. 특수한 대우를 받는 계급이 되려면 본인의 피나는 노력이 있어야 한다고요. 가오카오高考(중국의 대학 입학시험)는 바로 그 특수한 대우를 받는 사람이 될 수 있는 계급 사다리입니다. 학부모 여러분, 아이들에게 어릴 때부터 세상은 원래 불공평하다는 걸 가르쳐 줘야 합니다. 스스로 노력하게 만들어야 해요!"

나와 이런저런 학교 문제로 여러 차례 설전을 벌였던, 아들이 다니는 중국 공립초등학교 수학 선생이 공개적으로 했던 말이다. 평등을 지향하는 사회주의 국가에서 어떻게 불평등을 대놓고 말하며 '대접받는 특수 계급이 되기 위해 피나는 노력을 하라'는 뻔뻔스러운 논리를 펼 수 있느냐고 욕했지만, 지금 되새겨 보면 아주 지당하게 옳은 소리다. 날것 그대로의 현실을 직설적으로 말해서 조금 당황스럽기는 하지만, 틀린 말은 아니지 않은가. 요지는 이 세상에 애초부터 평등 따윈 없으며, 그러니 언제부터 신분제 사

⑬ 책벌레는 될지언정 기생충은 되지 말자

회가 되었느냐고 울분을 토할 필요도 없다. 평등 따윈 개에게나 줘 버리고, 우리는 볕이 거의 들지 않는 맨 밑바닥에 배치되지 않기 위해서라도 밤낮으로 '노오력, 또 노오력'을 해야만 한다. 고층을 떠받치는 '인간기둥'에게도 등급의 층이 있다는 걸 명심하면서 말이다.

돈을 더 많이 버는 것은 대다수 현대인의 인생 최대 목표다. 오전 9시에 출근해서 오후 5시에 퇴근하는 것은 이미 행운이 되었고, 날마다 10시간 이상 일하는 것이 보통이다. 책 읽을 시간이 남았다면 그건 한밤중에나 가능하다. 24시간 문 여는 서점은 어떤 사람도 내쫓지 않고 독서와 휴식 공간을 제공하는, 누군가에게는 복음 같은 장소다.

이 세계에서는 누구든지 나를 배반할 수 있고 나를 무시할 수 있지만, 지식만은 그렇지 않다. 서점은 지식을 제공하는 중요한 장소이자 모든 사람에게 늘 열려 있는 대문이다. 적막한 도시 안에, 책을 읽는 사람과 밤의 나그네에게 등 하나를 밝혀 주는 장소가 있다는 게 얼마나 큰 축복인가.

문을 닫지 않는 서점은 어떤 사람도 거절하지 않는 곳, 도시의 포용성을 보여 주는 곳이다. 우리가 생활하는 도시는 흉흉하고 삭막하기만 하다. 어떤 이는 고급 고층 건물에 살고 어떤 이는 길거리에서 생활한다. 어떤 이는 부귀영화를 누리고 어떤 이는 비참한 삶을 살아간다. 계층 차이는 이렇듯 명확하다. 하지만 누구도 거절하지 않고 어떤 사람이라도 들어갈 수 있는 서점, 그 풍부한 책들 앞에서 사람의 신분 차이는 사라진다. 그들은 '독자'라는 한 가지 공통된 신분만을 갖는다. 책 앞에서는 더 고귀하거나 비천한 사람이 존재하지 않는다.

모든 사람에게 열려 있는, 문을 닫지 않는 서점은 '인간은 책 앞에서 모두 평등하다'는 진리를 보여 준다. 그것은 한 도시의 독서 오아시스이며 모든 밤의 나그네와 돌아갈 숙소가 없는 이에게 '길거리 근거지'가 된다. 아르헨티나 작가 보르헤스는 '천국이 있다면 당연히 도서관의 모습일 것'이라고 말했다. 이렇게 바꿔서 말할 수도 있을 것이다. 만일 천국이 있다면 그것은 서점의 모습일 거라고. 그 광활한 지식의 전당 안에서는 빈부 차이도 없고 책 읽는 시간의 제한도 없으며 모든 사람은 평등한 존재가 된다.

— 2017년 산둥성 대학 입시 작문 만점작 중에서

그리하여 나는 잠 못 드는 밤이나 '베이징 사모님'으로

⑬ 책벌레는 될지언정 기생충은 되지 말자

살지 못하는 내 신세가 처량할 때면 가끔 심야 책방에 간다. 세상에서 유일하게 '평등한' 장소인 그곳은 어딜 가나 볕이 잘 들고 나를 위한 등불이 늘 켜져 있다. 우리 집에서 가장 가까운 심야 책방은 대사관 거리가 있는 싼리툰의 싼렌타오펀三聯韜奮. 1996년 '생활, 독서, 신지식'을 모토로 하는 중국에서 가장 유서 깊은 인문사회과학 출판사에서 문을 연 서점이다. 2014년 베이징 미술관 거리에 처음 24시간 심야 책방을 열었고, 2018년 싼리툰에 두 번째 심야 책방을 열었다.

기득권층은 될 수 없고, 기생충과 밑바닥 인간기둥층은 더더욱 되기 싫은 우리에게도 책벌레층이 될 기회의 문만은 항상 열려 있다. 게다가 심야 책방까지 열려 있지 않은가. 그러니 낙심하지 말고 열심히 읽고 또 읽자. 책은 빈부귀천을 차별하지 않는다. ○

버티는 삶의 승리

☞ 장쑤성 양저우 벤청수뎬

"원두 좀 제대로 골라! 아무렇게나 하면 내가 다시 골라야 하잖아! 창고에 있는 책들은 치우든지 버리든지 하라고 몇 번을 말했어! 지난달 적자가 얼마나 큰 줄 알아?"

앙칼진 여자 목소리가 가게 안에 쩌렁쩌렁 울려 퍼졌다. 장 선생은 무표정한 얼굴로 원두 고르는 손놀림을 멈추지 않았다. 손님은 나 혼자밖에 없는 가게 안에 주인장 부부 말고도 종업원이 세 명이나 더 있었다. 명색이 서점이지만 책보다는 커피나 음료수를 팔아 근근이 버텨 나가는 눈치였다.

양저우 중심지에서도 외떨어진 길목 한 귀퉁이에 있는 그 서점을 물어물어 어렵게 찾아갔지만, 그곳에는 흔히 상상하는 서점 풍경 같은 건 없었다. 대신 중국 소설가 류전윈이 단편소설 『닭털 같은 나날』에서 묘사한, 속물스러운 소시민의 일상이 여주인의 신경질적인 잔소리처럼 공기 중에 둥둥 떠다니고 있었다.

중국 개혁·개방기 초기인 1980~1990년대 중국인들의 일상생활을 묘사한 『닭털 같은 나날』의 첫머리는 이렇게 시작한다. "샤오린 집의 두부 한 근이 상했다." 두부 한 근을 사다가 통근 버스를 놓친 주인공은 일반 버스를 타려고 서둘러 나가다가 그만 두부를 냉장고에 넣어 두는 걸 깜빡했다. 그날 저녁 집에 돌아와서 상해 버린 두부 때문에 아내와 싸우게 되고, 그 뒤 주인공 샤오린에게 '상한 두부' 같고 오만 가지 '닭털 같은 나날'이 펼쳐진다.

그날 내가 목격한 장 선생의 일상도 소설 속 주인공 샤오린과 별반 다르지 않았다. 원두를 고르는 그의 손길에는 일상의 무기력함과 쓸쓸함이 배어 있었다. 그런 그에게 잔소리를 퍼붓는 아내의 얼굴에도 펴지지 않는 생활의 고단

⑭ '상한 두부' 같고 '한 줌 닭털' 같은 인생

함과 분노와 적막한 고독이 서려 있었다. 그 집에서 가장 비싼 드립커피를 한 잔 주문해서 국 마시듯 훌훌 마시고, 나는 상한 두부처럼 쿰쿰하고 퀴퀴한 묵은 책 냄새가 나는 서점을 서둘러 빠져나왔다. 나오는 길에 장 선생을 힐끗 보면서 속으로 조용히 말했다. "장 선생, 삶이 그대를 속일지라도 노여워하거나 슬퍼 말고 부디 용기를 가지시라!"

나에게 장 선생의 쇠락해 가는 서점 같은 이미지로 다가온 양저우는 한때 중국 전역의 소금 장수들이 드나들며 염전 상업으로 번성한 도시다. 중국 강남의 물자를 북쪽 지방으로 운송한, 중국에서 대운하가 가장 번성했던 지역이기도 하다. 하지만 지금은 '양저우 볶음밥' 이미지로만 각인된 작은 변방 도시로 전락했다.

양저우는 또한 미식의 고장이다. 본디 강남 지역 만두와 면 요리의 원조는 양저우라 할 수 있지만, 지금은 난징과 쑤저우, 항저우 등 이웃 지방이 원조 명성을 앗아 가고 있다. 양저우에 도착한 첫날부터 나는 이곳이 모든 면에서 빛을 잃고 옛 영광을 빼앗긴 변방의 소도시로 쇠락했다는 느낌을 지울 수 없었다. 게다가 비도 어찌나 처량하고 궁상맞게 내리던지.

양저우에는 그럴싸한, 번듯해 보이는, 서점다운 서점

이 없는 줄 알았다. 애초에 장 선생의 서점을 염두에 두고 갔지만 그곳은 이미 서점이라기보다 골목 한구석에서 조용히 죽음을 기다리는 폐업 직전의 낡고 퀴퀴한 카페 서점이었다. 시내 중심가에 있는, 양저우에선 제법 유명하다는 현대식 서점과 헌책방을 둘러보았지만 딱히 서점이라고 할 만한 곳은 보이지 않았다. 그러다 전혀 뜻밖의 장소에서 숨겨진 보석 같은 서점을 발견했다. 예로부터 가죽 제품 시장으로 유명한, 양저우의 상업·문화 중심지 피스제에 있는 볜청수뎬邊城書店.

'볜청'은 '변경' 또는 '변방'이라는 뜻이다. 서른아홉의 젊은 사장 왕쥔이 꾸려 가는 볜청수뎬은 양저우의 오래된 골목에 불을 밝히는, 쇠락해 가는 변방 도시의 작은 등대와도 같은 곳이다. 서점 안에 작은 객잔이 있어 낯선 여행자들이 머물다 갈 수 있다.

"사람들이 만날 때마다 물어요, 아직도 안 망했느냐고. 돈도 안 되는 일을 왜 그렇게 미련스럽게 하느냐고요. 지금 이곳에 터를 잡기까지 총 네 번 이사했어요. 세 번째 이사한 곳은 쥐가 나오는 지하 차고지 옆 창고 방이었어요. 그때가 (경제적으로) 인생의 최악이었고, 어떤 날은 하루 한 끼 밥 사 먹을 돈도 없었죠. 친구들이 만나자 하면 바쁘

⑭ '상한 두부' 같고 '한 줌 닭털' 같은 인생

다고 핑계 대고……. 그래도 지금까지 용케 잘 버텨 오고 있어요. 계속 이렇게 잘 버티며 살아갈 거예요. 가장 좋아하는 일도, 잘하는 일도 이것밖에 없거든요. 한때는 남들처럼 평범하게 회사 다니면서 남부럽지 않은 월급 받으며 살기도 했지만 전혀 행복하지 않았어요. 그 삶은 아주 수동적이고 내가 살고 싶었던 인생이 아니었으니까요.

베이징에서는 집 한 채에 1천만 위안(약 17억 원)이 넘어요. 다들 비싼 집에 살면서 원하는 일을 하며 행복하게 살고 있나요? 세상에, 그렇게 비싼 집에 산다는 게 어쩔 때는 정말 이해가 안 가요. 그 돈이면 내가 여기서 서점과 관련해 얼마나 많은 일을 할 수 있다고요. 양저우와 베이징은 같은 중국인데도 너무 다른 세계 같아요.

나라고 왜 힘들지 않겠어요? 하지만 늘 머릿속에서 '어떻게 하면 이 일의 본질을 잃지 않으면서 좀 더 독특한 아이디어로 시장성과 대중성을 확보할 수 있을까'만 생각하고 살아요. 그 결과 조금씩조금씩 성공했고(이 대목에서 왕쥔은 멋쩍게 웃었다) 앞으로도 나아질 거란 희망이 있어요."

왕쥔은 지금까지 자신이 살아온 삶을 한마디로 요약하면 '버티는 삶'이라고 한다. 2008년 양저우대학 부근에서 처음 시작한 그의 서점은 지난 10년 동안 네 번 이사한 끝에 피스제 골목 중심가에 둥지를 틀었다. 고향은 원래 안후이 지방이고 대학도 난징에서 나왔지만, 양저우 특유의 '슬로 라이프' 분위기가 좋아서 이곳에 뿌리를 내렸다고. 무엇보다 이곳은 그가 가장 존경하는 작가이자 문화재 연구가인 선충원이 소설 『변성』에서 묘사한 쓸쓸하고 적막한 마을 차퉁과 비슷한 느낌이 난다고 했다.

뱃사공 할아버지와 손녀딸이 사는 소설 속 차퉁은 작가 선충원의 고향인 후난성 펑황 고성을 모델로 했다. 선충원의 마음속에서 언젠가는 반드시 돌아가야 할 낙원 같은 곳. 볜청수뎬이라는 이름은 왕쥔이 선충원에게 바치는 오마주다. 서점에 들어서면 한쪽에 가지런히 정리된 선충원의 책들이 가장 먼저 보인다.

왕쥔이 존경하는 선충원의 인생도 어찌 보면 과거의 영광을 잃고 변방화되어 가는 양저우 고성 내 작은 골목들의 궤적을 닮았다. 고향인 후난성을 떠나 1923년 베이징에 처음 온 선충원은 지금의 첸먼 거리에 있는 작은 골방에서 고단한 베이징살이를 시작했다. 1988년 5월 10일 베이징에서 심장병으로 사망하기 전까지 그는 중국 현대사의 비극을 고스란히 자신의 운명으로 받아들여야 했던 불운한

⑭ '상한 두부' 같고 '한 줌 닭털' 같은 인생

지식인이었다.

중국 문화재 연구 분야에서도 독보적인 업적을 남긴 선충원은 1948년부터 30여 년간 베이징 역사박물관에서 문물 감별, 자료 정리, 박물관 안내 등을 했다. 1949년 신중국이 설립되자 선충원은 반동 우파 지식인으로 간주되어 역량에 걸맞은 자리를 보장받지 못하고 역사박물관의 구석진 자리에서 쓸쓸히 문물 연구에만 몰두했다. 박물관에 간부 가족이 견학 오면 직원 가운데 가장 박식한 그가 늘 영접을 나가 안내와 해설을 맡았다. 당대의 가장 뛰어난 지식인인 선충원이 박물관에서 허드렛일을 하는 걸 본 친구들은 너무 기가 막혀서 혀를 찼다고 한다. 선충원은 문화대혁명 때도 혹독한 고초를 겪었다. 당시 그에게 할당된 일은 글쓰기나 문화재 연구가 아니라 여자 화장실 청소였다.

바람 불고 비 내리는 날, 인적 드문 베이징 역사박물관의 구석진 창가에 우두커니 서서 톈안먼 광장을 적막하게 내려다보는 선충원의 모습을 상상해 보라. 그래서일까, 선충원은 '적막'이란 감정을 이렇게 표현했다. '그 무엇으로도 묘사할 수 없는 감정'이라고. 병색이 깊어져 임종이 가까워지자 그는 주변에 있던 친구들에게 불쑥 이런 말을 했다고 한다. "나는 이 세상에 대해 별달리 할 말이 없어!"

‘상한 두부’ 같고 ‘한 줌 닭털’ 같은 인생길을 마감하면서 선충원이 마지막으로 깨달은 바는 자신을 괴롭히고 욕보였던 세상에 대한 침착하고 조용한 침묵이었다. 아내의 잔소리를 묵묵히 견디며 원두를 고르던 장 선생의 침묵도 어쩌면 그런 것인지도.

"양저우는 지금 과거의 찬란하고 휘황했던 빛을 잃고 중심에서 갈수록 멀어지는 변방 도시가 됐어요. 사람들이 보기에 제가 사는 방식도 이 도시처럼 변방화됐다고 여길지 모르지만, 전 여기가 참 좋아요. 제 성격과 비슷해서요. 이 변방 도시에서 중심을 향해 한 발 한 발 차근차근 나아갈 겁니다. 사람들의 중심으로요."

왕쥔은 선충원처럼 일관된 인생을 묵묵히 살고 싶어 한다. 그의 서점은 대도시의 화려한 서점과 달리 신간도 유명한 책도 없다. 대신 그는 책 파는 일 외에 고서 복원과 고서·골동품 등을 이용한 문화상품 개발에 몰두하고 있다. 이미 잊히고 사라져 가는 옛것을 복원하고 현대적으로 새롭게 바꾸는 일을 자신의 ‘천직’이라고 생각하는 왕쥔. 그의 서점 입구에는 영국 철학자이자 역사가인 토머스 칼라일의 글귀가 걸려 있다. "책 속에는 과거의 모든 영혼이 가로누워 있다." ○

중국-홍콩 관계여
미쳐 버린
얼어 죽어라,

넓고도 깊은 그 강을 이어 줄 수 있을까

☞ 베이징의 작은 홍콩 큐브릭

가을 호랑이가 사나운 이빨을 드러내고 으르렁대는 밤이었다. 그놈을 먼저 때려잡지 않으면 내가 잡아먹힐 것만 같은 숨 막히는 밤. 구월이 다 가고 시월이 오는데도 날은 한여름 중복처럼 푹푹 쪘다. 중국에서는 입추가 훨씬 지났는데도 호랑이처럼 무섭고 센 늦더위가 찾아오는 것을 '가을 호랑이가 왔다'고 일컫는다.

얼음처럼 차가운 맥주나 한 잔 마시고 억지로 잠을 청

해 보려는데, 냉장고를 여니 믿었던 맥주도 없다. 삐질삐질 흐르는 땀을 선풍기로 식히며 유선방송 채널을 이리저리 돌리다 보니 스탠리 큐브릭 감독의 『샤이닝』이 나온다. 그 날 밤 나는 냉장고 속 저온 맥주보다 더 차갑고 공포스러운 영화를 보면서 가을 호랑이를 물리칠 수 있었다.

주인공 잭은 겨울 동안 호텔을 관리하며 느긋하게 소설을 쓸 수 있는 기회를 잡는다. 가족과 함께 눈 내리는 고요한 오버룩 호텔에서 지내는 잭. 하지만 폭설로 고립되자 환상과 현실의 경계에서 그는 점점 미쳐 가고, 결국엔 아내와 어린 아들을 죽이려고 눈 내리는 미로 숲길을 이리저리 헤매다가 하얗게 얼어 죽고 만다.

영화 속 오버룩 호텔은 과거 백인에게 대량 학살된 아메리카 원주민이 매장된 무덤 터였다. 백인들의 휴양지 호텔로 변한 그곳에서 무능하고 게으른 소설가 잭은 매일 글을 써야 한다는 강박에 시달리다 결국 광기에 사로잡혀 "일만 하고 놀지 않으면 잭은 바보가 된다"는 글만 계속 타이핑하고 있다.

잭 니컬슨이 연기한 '잭'은 아메리카 원주민을 학살하고 그 무덤 위에 지상에서 가장 화려하고 아름다운 호텔 같은 나라를 세운 '미국'을 상징한다. 큐브릭 감독은 『샤이

⑮ 얼어 죽어라, 미쳐 버린 중국-홍콩 관계여

닝』이라는 공포 영화를 통해 미국이라는 나라의 광기와 폭력, 이중성을 보여 준다. 눈 덮인 미로를 빙빙 돌며 헤매다 눈 속에 파묻혀 얼어 죽고 마는 잭의 최후가 상징하는 것 역시 '아름다운 나라' 미국을 향한 조롱이다. 일도 못하고 놀지도 못하면 잭은 미쳐서 죽게 된다는.

21세기가 막 시작된 2001년 8월 폭염이 쏟아지던 어느 날, 중국 선전에서 지하철을 타고 홍콩에 갔다. 초행길이라 며칠간 홍콩 구경을 할 요량에 값싼 여행자 숙소가 몰려 있던 몽콕으로 갔다.

몽콕 역에 내려 방향을 못 잡고 이리저리 두리번거리다 마침 지나가던 역무원을 붙들고 내가 찾는 숙소로 나가는 출구와 위치를 물었다. 중국에서 제복 입은 사람들 앞에서는 일단 눈을 내리깔고 공손하게 대하는 게 습관이 되었던지라, 쭈뼛쭈뼛 다가가 굽신거리듯 질문했던 것 같다. 그런데 뜻밖에도 홍콩 역무원은 빙긋 웃으며 나를 출구까지 직접 데리고 가서 숙소로 가는 길을 알려 주었다. 중국에서는 감히 상상도 할 수 없던 친절이었다.

홍콩 거리 이곳저곳을 다니며 주마간산식 관광을 했다. 밤에 레이저 조명이 번쩍이는 유명한 홍콩 야경을 보려고 빅토리아 하버 근처를 어슬렁거리다 아주 근사한 제복을 입은 홍콩 경찰 두 명이 지나가는 걸 봤다. 중국 길거리에서는 경찰만 봐도 죄지은 것 없이 가슴이 두근거려서 일부러 눈도 마주치지 않는다. 홍콩 경찰은 어떨까 싶은 마음에 다가가서 사진 한 장 같이 찍어도 되느냐고 말을 걸었다. 그들은 환하게 웃더니 나를 가운데 놓고 시키지도 않은 V자까지 그리며 함께 사진을 찍어 줬다. 중국 경찰이 그렇게 활짝 웃으며 여행객이나 일반인과 사진 찍는 모습은 지금까지 한 번도 본 적이 없다.

그날 나는 홍콩은 중국과 다르다는 인상을 강하게 받았다. 1997년 홍콩이 중국으로 반환되자 막연하게 '홍콩은 중국'이라고 생각했는데, 막상 가서 본 홍콩은 중국과 뭔가가 달라도 많이 달랐다.

1년쯤 지나 두 번째로 홍콩에 갔을 때는 중국 소상품 시장이 밀집한 이우에서 우연히 알게 된 친구 알란을 만났다. 홍콩에 오면 꼭 연락하라던 그는 이우와 홍콩을 오가며 소상품 무역업을 하는데, 정작 하고 싶은 일은 사진과 영화 작업이었다. 알란은 또래 친구 두 명과 함께 이틀간 일부러 시간을 내서 홍등가와 점성술 거리 등 여행자들이 잘 가지 않는 홍콩 밤거리를 구경시켜 주며 홍콩의 슬픈 역사를 들려줬다.

당시 20대 후반이던 알란과 두 친구는, 1945년을 기점으로 보면 3세대 홍콩인이다. 1842년 아편전쟁에서 패한 청나라가 홍콩을 영국에 할양했고, 1941~1945년 잠시 일본의 지배를 받았던 홍콩은 다시 영국 식민지가 되었다. 그리고 1997년 중국으로 돌아가기까지 홍콩은 무수한 자아 정체성 혼란에 시달렸다.

20세기 이후 홍콩인 1세대는 중국 대륙의 정치 문제나 기아, 전쟁 같은 위험을 피해 인근 광둥성이나 상하이 등에서 떠나온 '난민 세대'가 대부분이다. 이들은 당연히 홍콩인이라는 정체성보다 중국 고향에 대한 뿌리 의식이 깊다. 2세대 홍콩인은 난민 세대를 따라 어린 시절 홍콩에 왔거나 1945년 또다시 영국 식민지가 된 홍콩에서 나고 자란 베이비붐 세대이며, 알란과 그의 친구들은 베이비붐 세대 부모를 둔 3세대 홍콩인이다.

월급만으로는 살 수 없는 살인적인 집값, 갈수록 줄어드는 일자리, 하락하는 임금 수준으로 홍콩의 젊은 세대는 암울하다. 중국 반환 뒤 중국 대륙에서 사람들이 몰려들면서 고임금자든 저임금자든 홍콩에서 먹고살기가 갈수록 힘들어진다고. 영국에서 대학을 나온 알란의 친구도 홍콩에서 사는 일은 침사추이의 빽빽한 마천루처럼 아찔한 미래라고 말했다.

홍콩의 유명 작가이자 잡지 발행인 천관중은 알란의 부모 세대 격인 베이비붐 세대다. 그는 『우리 세대 홍콩인』 我這一代香港人에서, 1945년 이후 홍콩에서 출생한 세대야말로 이전 세대와는 다른 신세대 홍콩인이자 진정한 홍콩인이라고 말한다. 그의 설명에 따르면 '홍콩인은 발명되고 상상되고 만들어진 것이지만 역사적 실체가 있는 존재'이며, '역사적 실체가 있는 존재로서의 홍콩인'은 자신과 같은 2세대 홍콩인이다. 이들은 영국 식민지 교육을 받고 1970년대 이후 홍콩 호황기의 혜택을 누렸다. 하지만 이들은 영국인이 될 수도 없고 자신을 중국인이라고 하지도 않으며 중국인과 동일시되는 것을 싫어한다. 부모 세대가 중국인 정체성을 상실하지 않았던 것과 달리, 중국에 관심도 없고 이전 세대보다 서구화되고 홍콩화된 신세대는 자신들을 '홍콩인'으로 부르기 시작했다.

1997년 중국 반환이 결정되자 베이비붐 세대를 중심으로 대규모 이민 물결이 일어났다. 중국으로 회귀해 공산당의 통치를 받게 되는 상황에 이들은 크나큰 정치적 두려움과 미래에 대한 불확실성을 느꼈다.

알란 같은 3세대 홍콩인은 정치적 두려움의 실체와

거품 빠진 경제의 구조적 위기, 중국 공산당이 통치하는 미래의 불확실성을 온몸으로 확인하는 '회귀 후' 청장년 세대가 되었다. 그리고 그들의 자식 세대는 송환법 반대 시위로 촉발된 홍콩의 반중국 민주화운동을 이끄는 4세대 홍콩인으로 자라고 있다.

베이징에도 '작은 홍콩'이 있다. 베이징 둥즈먼에 있는 유명한 디자인 건축물인 복합 문화공간 당다이모마當代MOMA에는 홍콩이 본점인 바이라오후이百老汇 영화관이 있고, 영화관 앞에는 역시 홍콩이 본점인 큐브릭庫布裏克 서점이 있다. 짐작이 가겠지만 영화감독 스탠리 큐브릭에서 따온 이름이다.

바이라오후이 영화관과 큐브릭 서점은 일심동체다. 홍콩 본점 역시 둘이 붙어 있다. 바이라오후이는 베이징에서 시설이 가장 좋은 영화관이며, 늘 붙어 다니는 큐브릭도 베이징의 서점 마니아에게 성지로 꼽히는 곳이다.

큐브릭 홍콩 본점은 2001년 문을 열었고, 베이징 지점은 2010년 12월에 개장했다. 영화, 사진, 예술 관련 책이 가장 많고 일반 서점에서 찾기 힘든 정치학·인문학 서적도 갖추고 있다. 입구 정면에 스탠리 큐브릭의 영화와 관련된 책들이 놓여 있고 그가 만든 영화의 스틸사진도 여기저기 걸려 있다. 베이징 큐브릭 서점 누리집에는 이런 소개글이 실렸다. "베이징 큐브릭 서점은 홍콩과 베이징을 연결하는 문화 가교 구실을 하는 곳이다."

하지만 홍콩과 베이징 사이에는 그 '가교'만으로는 아직 건너지 못하는 넓고도 깊은 강이 흐른다. "우리는 모두 중국인"이라고 외치는 중국 사람들의 불타는 애국심과 민족주의 정서의 맞은편에는, "우리는 홍콩인"이라고 외치는 홍콩 사람들의 기나긴 정체성 투쟁이 양날의 칼이 되어 서로 등지고 있다. 홍콩인은 베이징을 향해 항변하듯 되묻는다. '홍콩인이 홍콩을 통치한다'고 약속하지 않았느냐고. 당신들이 말한 홍콩인이란 우리가 아닌 누구를 말하는 것이냐고. 우리가 바로 '홍콩인'이지 않느냐고.

베이징 큐브릭 서점에서 다시 영화 『샤이닝』 속 오버룩 호텔과 미치광이 잭을 떠올렸다. 잭이 밤새도록 헤매다가 얼어 죽고 마는 미로처럼, 꼬일 대로 꼬인 홍콩과 중국 사이에는 출구가 없다. 이 미로의 종말은 무엇일까. 미쳐 버린 잭은 미로에 갇혀서 얼어 죽지만, 사락사락 눈 내리는 한겨울 오버룩 호텔은 누가 지킬 것인가. 가을 호랑이 같은 답답한 상황도 그 안에 갇히면 미쳐서 날뛰다가 조용히 얼어 죽을 수 있을까. ○

세상 모든 잡지를 볼 수 있는 복합 공간

☞ 상하이 헝산·허지

그 남자는 달리고 달리고 또 달리고 있었다. 활짝 퍼졌던 햇살이 점점 서늘한 바람을 머금고 서쪽 하늘 저편으로 사라지던 늦은 오후. 나는 "시몬, 너는 좋으냐 낙엽 밟는 소리가"라는 구르몽의 시를 노래처럼 흥얼거리며 마침 보기 좋게 가을색을 띤 집 근처 공원을 거닐고 있었다.

　　그리 넓지 않은 공원을 몇 바퀴 돌다가 잠시 벤치에 앉았다. 집에 가는 길에 달달한 가을무나 하나 사서 고춧가루, 액젓, 매실청을 듬뿍 넣고 마지막으로 와인 한 잔 부어서 완성하는 나만의 '가을와인깍두기'를 담가야겠다 마음먹었다. 통통하게 살이 오른 노란 가을배추 속잎을 몇 장 떼어 밀가루 반죽 묻혀 지져 내는 달큰한 배추부침개도 만들자. 막걸리 한 사발에 배추부침개 한 입, 와인깍두기 한 개 아삭거리면 이 깊어 가는 가을에 낙엽 밟는 소리를 듣는 시몬보다 몇 배는 더 행복할 것 같았다.

입맛을 다시며 일어서려던 순간, 내 앞을 달려가는 그 남자가 눈에 들어왔다. 정면에서 보니 꽤 낯이 익다. 내 기억이 아직 노쇠해지지 않았다면 그는 틀림없이 요즘 중국에서 최고의 화제인 '바로 그 남자'다. 몇 달 전에도 이 공원 근처를 달리는 그를 보았다. 그때는 '참 괜찮은 사업가'라고 생각했다. 한때 세계 최대 온라인 서점 아마존에서도 몹시 탐냈던, 중국 최대 온라인 서점 겸 종합쇼핑몰 당당왕의 공동 창업자 리궈칭. 검은 운동복에 파란 바람막이를 입은 그는 족히 두 시간 이상을 쉬지 않고 달리고 있었다.

공원에서 뜬금없이 그와 마주친 나는 벤치에 앉아 한참 동안 휴대전화로 리궈칭의 블로그와 관련 기사를 검색했다. 요즘 중국 소셜네트워크 세상에서 리궈칭과 그의 아내의 포스팅만큼 재미있는 구경거리도 없다. 이 부부는 자

⑯ 수박 먹는 이여, 남의 인생에 씨 뱉지 마라

신들의 블로그에 상대방의 온갖 상상 이상의 사생활을 폭로하며 서로를 향해 죽어라 총질하고 있다.

리궈칭의 아내는 중국에서 유명한 여성 사업가 위위다. 이름만 들어도 부러움과 질투가 솟구쳤던 이 부부는 최근 중국인들의 조롱거리로 전락한 '수박왕'瓜王이 되었다. 나도 얼마 전 내 중국 SNS에 그들 부부 이야기를 '올해 최고 중국 수박왕 부부'라고 포스팅한 바 있다.

중국 인터넷 유행어 가운데 '츠과췬중'吃瓜群眾이라는 말이 있다. '수박이나 해바라기씨 등을 까 먹으며 구경하는 관중'이란 뜻이다. 우리나라 인터넷 용어로 눈팅족, 팝콘족쯤 되겠다. 주로 연예인 등 유명인의 사생활이나 스캔들을 인터넷에서 구경하면서 제멋대로 입방아 찧는 이들을 가리킨다. 최근에는 인터넷 공간에서 사건의 진위와 상관없이 함부로 악성 댓글을 달며 희희낙락하는 악플러 등을 포괄해 지칭하기도 한다.

가수 설리가 자살했다는 뉴스가 전해졌을 때, 중학생 딸은 "이게 다 엄마 같은 츠과췬중 때문"이라고 길길이 날뛰며 분노했다. 타인의 삶과 취향을 함부로 욕하고 평가하고 조롱하며 (나처럼 무관심한 체하면서 몰래) 구경하는 수많은 츠과췬중이 설리를 죽음으로 몰아넣었다며. 나는 생전의 설리는 잘 모르지만, 언론 보도에 따르면 그의 자살은 상당 부분 누리꾼들의 악플에 영향받았을 가능성이 크다. 이제 막 삶의 중심으로 들어서려던 나이, 스물다섯. 설리는 익명의 타인이 함부로 내던진 비수 같은 말들에 찔려 죽은 것이다.

1920~1930년대 중국 무성영화 시대에 활동했던 전설의 배우 롼링위. 지금까지도 중국 영화사에서 중요한 배우로 기억되는 그녀도 설리와 같은 나이인 스물다섯에 스스로 생을 마감했다. 짧은 생을 영화처럼 파란만장하게 살았던 롼링위가 삶의 끈을 놓은 것도 설리와 비슷하게 익명의 타인들이 던진 '아픈 말' 때문이었다. 그녀의 유서에는 '남들의 말이 무섭다'는 내용이 쓰여 있었다. 자신의 사생활을 둘러싸고 곳곳에서 입방아를 찧는 타인의 비방, 풍선처럼 둥둥 떠돌아다니는 온갖 소문, 뒤통수에 대고 손가락질하는 사람들의 싸늘한 시선을 견딜 수 없었으리라. 롼링위의 자살은 당시 중국 사회에도 큰 충격을 불러왔다. 루쉰은 그녀의 죽음이 '사회적 타살'이라며 중국인 사이에 뿌리 깊게 남아 있는 구경꾼 심리를 비판했다.

소시민은 다른 사람들의 스캔들, 특히나 익숙한 사람들의 스캔들을 좋아한다. 롼링위가 좋은 예다. 모르는 이가 없는 은막의 스타였기에 롼링위는 더더욱 사람들이 함부로 입방아 찧기 좋은 대상이었다. "내가 비록 롼링위보다 예쁘지는 않지만 적어도 더 정숙해." "롼링위보다 능력은 없을지 몰라도 신분은 내가 더 높아." 심지어 그녀가 자살한 뒤에도 사람들은 여전히 "내가 롼링위보다 나은 점은 없지만, 나는 그녀보다 용기 있는 사람이야. 자살은 하지 않았으니까"라는 식으로 입방아를 찧는다.

— 루쉰, 「'사람의 말이 두렵다'를 논하며」 중에서

인쇄술 발달로 종이책이 대중화되고부터 지금까지, 세상 사람들에게 가장 사랑받는 책이 있다면 나는 그것을 잡지라고 단언할 수 있다. 세상의 보편적인 잡지는 대개 보통 사람들이 원하는, 지극히 통속적이고 잡스러운 수다로 채워졌기 때문이다. 그리고 그 수다의 대부분은 유명인의 스캔들이나 라이프스타일 등에 관한 이런저런 말들이다. 은밀하게 타인의 삶을 들여다보고픈 욕망은 누구에게나 있다. 아무리 교양 있는 상류층이라 할지라도 내면 깊숙한 곳에 통속적인 본능을 가지고 있다. 많은 잡지가 그런 인간의 통속 심리를 대리만족시켜 주는 역할을 해 왔고, 유명한 타인을 놓고 건전한 수다보다는 가십과 조롱을 일삼아 왔다.

그러나 문명이 진화하듯이 잡지도 끊임없이 진화하고 있다. 이제는 세속적인 욕망만을 취급하는 잡지는 '황색 잡지'로 간주되어 혼자 몰래 읽어야 한다. 타인에 대한 수다도 세련되고 심지어 지적이기까지 한 교양을 담고 있어야 한다. 이 때문에 잡지의 역사는 인간 욕망의 진화사라고도 할 수 있다.

상하이 헝산루에 가면 바로 이러한 잡지의 역사, 세상 모든 잡지를 볼 수 있는 서점이 있다. '잡지 박물관'이라고도 일컬어지는 헝산·허지衡山·和集다. '복합 공간'이라는 뜻을 가진 이름 그대로 층마다 다른 의미를 지닌 공간이 있어 온종일 머물러도 절대 지루하거나 하품이 나오지 않는다. 그만큼 볼거리와 읽을거리, 엄선된 라이프스타일이 골고루 잘 구비되어 있다. 내가 사는 동네에 이런 서점이 있다면 나는 평생 그 마을을 떠나지 않을 것이다.

헝산·허지는 총 3층이다. 1층에는 주로 인문사회과학 서적이 진열되어 있으며 간단한 먹거리와 음료를 파는 카페가 있다. 2층에는 영화·예술·사진 관련 서적이 있으며 문학·사진·영화 등 다양한 전시가 분기별로 열리는 아담

한 전시 공간이 있다. 각 층으로 올라가는 계단 사이사이에도 다양한 사진과 영상 작품이 아기자기하게 전시돼 있다. 3층은 전 세계에서 출판되는 잡지로 채워져 있다. 이곳을 보면 '잡지 박물관'이라는 별칭이 결코 과장된 것이 아님을 알 수 있다. 형산·허지에서 내가 가장 좋아하는 곳도 바로 3층 잡지 공간이다.

시인 박인환은 「목마와 숙녀」라는 시에서 "인생은 외롭지도 않고, 그저 잡지의 표지처럼 통속하거늘"이라고 했지만, 이곳에 와 보면 잡지에 대한 통속적인 개념이 확 뒤집힌다. 누가 잡지를 '타인에 관한 잡스럽고 상스러운 수다'라고 했는가. 그런 잡지도 있지만 아닌 잡지가 더 많다. 형산·허지에 있는 잡지는 전 세계에서 출판되는 각 분야 전문지로 대부분 독특한 라이프스타일을 담고 있다.

형산·허지에서 아침부터 저녁까지 잡지를 읽으며 시간을 보냈다. 어떤 잡지는 내면을 발효시키는 인생에 대한 태도를 담고 있었다. 내가 닮고 싶은 타인의 삶을 담은 잡지 표지에 이런 문구가 보였다. "세상에는 백만 가지 삶의 방법이 있고, 우리는 각자 자신에게 맞는 삶의 방식을 찾으면 된다."

서로 다른 시대와 나라에서 나고 자랐지만 같은 나이,

비슷한 이유로 스스로 생을 마감한 롼링위와 설리도 어쩌면 이 잡지의 표지 인물이 될 수 있었을지도 모른다. 그들의 삶은 세상에 존재하는 백만 가지 삶의 한 방식이고, 그들만의 라이프스타일을 읽으며 우리는 '타인의 삶'을 존중하는 법을 배웠을 수도 있다.

그러니 수박 먹는 관중이여, 인터넷 세계에서 타인의 삶을 샅샅이 검색하고 퍼 나르며 조롱하는 엿 같은 인생을 살지 말고 자신에게 맞는 삶의 방식부터 검색해 보길 바란다. 그리고 오늘도 혹시 늦은 오후 내내 공원을 달리고 있을지 모르는 남자여, 당신도 이제 그만 아내를 향한 찌질한 전쟁을 중단하고 그대만의 또 다른 인생길을 달려가시라.

내 쓰러진 막걸릿잔 속에서 가을바람이 목메 우는 소리가 들려왔다. 우리도 언젠가는 가련한 낙엽이 될 것이다. 그렇다 해도 결코 타인의 삶을 모욕하고 조롱하지는 말자. 나는 와인깍두기가 익어 가길 기다리며 헝산·허지에서 사 들고 온 인생 잡지들을 사부작사부작 읽으련다. ◌

⑯ 수박 먹는 이여, 남의 인생에 씨 뱉지 마라

사는 게 징글징글할 때 찾는 인생 주유소

☞ 광저우의 24시간 서점 1200북숍

누구나 저마다 '소쩍새 우는 사연' 한 가지씩은 품고 살아 간다. 사는 게 징글징글한 것은 어린 아들을 홀로 키우며 술집을 운영하는, 드라마『동백꽃 필 무렵』의 주인공 동백 이뿐만이 아니다. 혹시 엄마가 보러 오지 않을까 해서 일부 러 복통과 발작을 일으키고 온 아파트에 똥을 싸질러 대는, 로맹 가리가 쓴 소설『자기 앞의 생』의 주인공 여섯 살 모 모의 인생만 딱한 것도 아니다. 살다 보면 딱하고 징글징글

165

한 사연이 생기게 마련이다. 그래서 '좀 살아 본' 사람들이 이런 말을 하지 않나. 내 인생이야말로 소설보다 더 소설 같은 이야기라고.

오래전, 베이징에서 한동네에 살던 그 중국 여자에게는 소쩍새 우는 사연이 없는 줄 알았다. 당시 나는 막 결혼하고 첫째 아이를 임신한 상태였다. 넉넉지 않은 형편이던 내 눈에 집과 차가 있는 사람들은 아무 근심 없이 잘 먹고 잘사는 걸로 보였다. 그 부부도 집과 차가 있으며 둘 다 번듯한 직장에 다니는 베이징의 전형적인 중산층 가정이었다. 초등학생 딸 하나를 키우던 그 부부와 주말에 가끔 동네 마트에서 마주쳤다. 나와 비슷한 연배로 보였지만 모든 면에서 안정되고 행복해 보이는 부부였다.

산달이 가까워지면서 순산을 목표로 날마다 아침저녁으로 열심히 산책하던 어느 가을 저녁, 집 앞 산책길에서 그 '행복해 보이는' 여자와 마주쳤다. 벤치에서 공허한 눈으로 허공을 바라보던 여자는 나를 보자 살짝 웃고는 그대로 우두커니 앉아 있었다. 다음 날도, 그다음 날도 여자는 저녁마다 혼자 벤치에서 멍 때리며 앉아 있었다. 평소 안면만 있을 뿐 친한 사이가 아니어서 딱히 무슨 말을 걸기도 참 거시기했다. 어느 날 저녁, 또 그 여자가 혼자 앉아 있기

⑰ 서로의 온기와 다정은 공짜잖아요

에 용기를 내서 옆에 앉았다.

"남편분은 출장 가셨나 봐요? 요즘 혼자 산책 나오시네요?"

"아, 네……. 혼자 마땅히 갈 데가 없어서 여기 앉아 있어요."

얼마 뒤에 나는 아이를 낳으러 한국에 갔고, 아이가 백일이 다 돼 가던 이듬해 초봄에 베이징으로 돌아왔다. 그 부부와 아이는 통 보이지 않았다. 한참이 지난 어느 날 아이를 봐주러 온 시어머니가 저녁 식사 자리에서 아주 놀라운 이야기를 들려줬다.

내가 아이를 낳으러 한국에 간 사이 윗집에 살던 그 여자가 자살했다는 것이었다. 남편과 어린 딸은 어디론가 이사를 가 버렸다고. 더 놀라운 것은 그 여자가 6층 아파트에서 투신자살한 이유였다. 다정하고 착해 보이던 남편이 그 여자의 친구와 바람이 났다고 했다. 온 동네 사람들이 다 들을 정도로 심각한 부부싸움을 하는가 하면, 어느 날은 여자가 동네 한복판에서 남편의 뺨을 후려갈기는 모습이 목격되기도 했다고. 시어머니가 동네 할머니들에게 들은 이야기인지라 어디까지가 소문이고 어디까지가 진실인지 확인할 길은 없다.

요즘 푹 빠진 드라마 『동백꽃 필 무렵』에서 인상 깊었던 장면이 있다. 게장 골목으로 유명한 한 소도시에서 '까멜리아'라는 술집을 운영하며 여덟 살 아들을 키우며 살아가는 미혼모 동백이 어느 날 혼자 어디론가 향한다. 동백을 좋아하는 용식이 뒤따라가며 어디 가냐고 묻자 동백이 저 앞 기차역을 가리키며 하는 말. "저기가 제 주유소예요. 저도 기름 좀 넣고 가려고요."

그 기차역은 동백에게 정신의 피난처 같은 곳이다. 동백은 사는 게 징글징글할 때마다 기차역에 와서 방전된 심신에 주유를 하고, 언젠가는 기차역 분실물 보관소에서 일하는 국가 공무원이 되는 상상을 한다. 분실물 보관소에 오는 사람들은 뭐만 찾아 주면 고맙다고 하기 때문이다. 살면서 남에게 미안했다는 말은 들은 적이 있어도 고맙다는 말은 한 번도 들어 본 적 없던 동백에게 분실물 보관소는 매일 고맙다는 말을 들을 수 있는, 자신도 남들에게 존중받는 존재라는 사실을 확인시켜 주는 희망과 행복의 장소다.

『자기 앞의 생』의 꼬마 모모는 가난한 흑인과 아랍인, 유대인이 몰려 사는 프랑스 파리 최악의 빈민가 비숑 거리에서 창녀가 낳은 아이들을 맡아 기르는 로자 아줌마와 함께 산다. 모모가 자주 가는 장소는 누구에게나 친절하고 자

비로운 의사 카츠 선생의 진료소다. 여섯 살밖에 안 된 모모는 이렇게 말한다. "다른 사람이 내게 건네는 관심 어린 말을 들은 것도, 내가 무슨 소중한 존재라도 되는 양 진찰받은 것도 바로 카츠 선생님의 진료소였기 때문이다. 나는 혼자서 자주 그곳에 갔는데, 어디가 아파서가 아니라 그저 대기실에 앉아 있고 싶어서였다."

동백과 모모가 간절히 바랐던 것은 다른 사람의 관심과 존중을 받는 소중한 존재가 되는 것이었다. 이들에게 기차역과 카츠 선생의 진료소는 불행으로부터 떠날 수 있고, 소중한 존재가 되는 장소였다. 비록 상상에 불과해도 말이다.

여기 류얼시라는, 인구 1,500만 명의 대도시 광저우에 사는 30대 중반의 괴짜 청년이 있다. 몸집이 작고 비쩍 말랐으며 콧수염과 턱수염을 기르기 좋아하고 빵모자를 즐겨 쓴다. 본래 안후이성 출신인 그는 2003년 화난이공대학 건축과에 합격해 처음으로 광저우에 왔다. (……) 2008년 대학을 졸업한 뒤 그는 무난히 대형 국영 기업에 건축디자이너로 취직했다. 하지만 금세 직장 생활에 염증이 났다. 결국 3년 만에 류얼시는 모두가 선망하는 그 기업을 나와, 집을 사려고 모아 뒀던 돈으로 동료와 함께 카페를 열었으며 1년도 안 돼 분점 하나를 또 냈다. 그런데 무슨 이유 때문인지 번창 일로에 있던 그 사업을 갑자기 동료에게 다 넘기고 타이완으로 석사 공부를 하러 떠났다.

그 후, 2년 동안의 타이완 유학 생활은 새로운 인생 목표를 정하는 데 큰 도움이 되었다. 우선 그는 2013년 10월 1일부터 51일간 1,200킬로미터를 걸어 타이완 섬을 일주했다. 그 과정에서 무상으로 하룻밤 잠자리를 제공해 준 여러 타이완인의 마음씨에 큰 감명을 받았다. 그리고 1995년에 처음 문을 열어 타이완의 문화 성지가 된, 타이베이 청핀서점 둔난점의 경영 방식에 시선이 끌렸다. 그 서점은 24시간 운영으로 열혈 독자의 지지를 얻는 동시에 생활용품점, 패션잡화점, 테마 식당을 겸하여 서점의 다원화 경영 모델이라는 아이디어를 그에게 선사했다. "비즈니스가 없으면 살아남을 수 없지만, 문화 없이 살아남고 싶지 않다"라는 청핀서점 CEO의 한마디도 그의 마음속에 깊이 파고들었다.

(……) 마침내 2014년 초, 중국에 돌아온 그는 SNS를 통해 광저우에 24시간 서점을 열기 위한 크라우드펀딩을 개시했다. 그 결과는 놀라웠다. 광저우와 서점을 사랑하는 30

⑰ 서로의 온기와 다정은 공짜잖아요

명의 친구들이 무려 120만 위안(약 2억 원)을 모아 준 것이다. 이를 바탕으로 그는 2014년 7월 8일 0시에 광저우 최초의 24시간 서점 1200북숍을 출범시켰다. '1200'은 그가 1,200킬로미터의 타이완 도보 일주를 해낸 것을 기념해 지은 이름이었다."

— 김택규, 『서점의 온도』역자 후기에서

광저우 1200북숍은 가고 싶지만 아직 가 보지 못한 내 버킷리스트 서점이다. 미국 방송 CNN에서 선정한 '중국에서 가장 아름다운 서점' 두 곳(한 곳은 난징의 셴펑수뎬) 가운데 하나이기도 하다. 이 서점은 광저우의 문화 상징이자 광저우를 밝히는 '정신적 등불'이다.

이른바 명문대를 나와 좋은 일터에서 그럭저럭 편안하게 살다가는 '안락사'할 것 같은 생각이 들었다는 창업자 류얼시. 어느 날 짐을 싸서 타이완으로 떠났던 그는 2년 뒤 다시 돌아온 광저우에 세상의 모든 방랑자와 쉴 곳이 필요한 이에게 정신적 피난처가 될 수 있는 24시간 서점 1200 북숍을 열었다. 광저우에 총 여섯 개 지점이 있으며 그중 티위둥루점에는 누구에게나 열려 있는 '소파방'이 있다. 집 없이 떠도는 도시인과 가난한 여행자에게 임시 거처를 제공하는 공개 쉼터다.

　책『서점의 온도』를 보면 수많은 동백이와 모모가 이 서점에서 책을 읽고 잠을 자면서 몸과 마음에 기름을 넣는다. 그들에게 이 서점은 피난처이자 주유소다. 이곳에서 그들은 도시 한복판에선 받지 못했던 관심과 존중 그리고 다정함을 경험한다.

　『서점의 온도』 첫 번째 장에 등장하는 양둥이라는 열 살 남짓한 사내아이도 이 서점의 소파방과 무료 독서 공간에서 종일 지내는, 갈 곳 없는 외로운 아이다. 엄마는 오래전에 집을 나가 버렸고 아빠는 타지로 돈을 벌러 떠났다. 집에는 새엄마가 있지만 밥도 안 해 주고 신경도 안 써 준다. 1200북숍은 아이에게 사람들의 관심과 사랑과 존중을 받을 수 있는 따뜻한 '온도'가 있는 장소가 되었다. 1200북숍이 운영하는 심야 책방은 어린 양둥과 같은, 따뜻한 온도가 필요한 수많은 인생과 인생이 마주치며 서로에게 온기를 불어넣는 곳이다.

　"사람들이 사는 게 징글징글할 때 술 마시러 오잖아요. 그러니까 나는 웬만하면 사람들한테 다정하고 싶어요. 다정은 공짜잖아요. 서로 좀 친절해도 되잖아요." 자신에게만 다정하지도, 친절하지도 않은 세상과 사람들을 향해 동백이 쏟아 놓는 넋두리다.

　광저우 1200북숍에 가면 동백의 소망대로 다정은 공짜고 사람들도 친절하다고 한다. 친절이라면 아주 오래전에 사라진 줄만 알았던 중국에 그런 천국 같은 친절과 다정을 '공짜로' 제공하는 곳이 있다니 쉽게 믿기지 않는다. 그래서 언젠가 꼭 한 번 가서 두 눈으로 보고 싶다. 정말 그렇다면 1200북숍은 내가 꿈꾸는 '인생 주유소'다.

　오래전 어느 가을 저녁, 혼자 벤치에 앉아서 멍한 두 눈으로 허공을 바라보던 그 여자에게도 갈 곳이 있었더라면 삶이 좀 달라지지 않았을까? 산다는 것 자체가 피곤하고 목구멍까지 슬픔이 차오르는 날, 우리에게는 언제라도 찾아갈 수 있는 다정하고 따뜻한 인생의 주유소가 필요한 법이다. 그곳에서 저마다 소쩍새 우는 사연을 풀어 놓고 맘껏 목 놓아 울 수도 있을 테니 말이다. ○

레스토랑인가 서점인가

☞ 베이징 랑데부 서점

나는 '걷는 사람'이다. 어느 유명 배우의 에세이 제목을 도용한 듯해 미안하지만, 그보다 나이가 많은 나는 그가 걷기 전부터 훨씬 더 오랫동안 걸어 왔다. 그러니 나도 '걷는 사람'이라고 말할 자격이 충분하다.

어릴 때 학교에 가려면 걸어서 십 리 길을 가야 하는 시골에서 산 덕분에, 나는 호랑이 담배 피우던 시절부터 두 발로 세상을 걷는 일이 몸에 배었다. 그래서일까, 이 나이가 되도록 운전면허증이 없다. 온 세상을 거미줄처럼 연결하는 철도와 지하철이 있고 집 앞으로 버스가 밤낮으로 다니는 데다 공짜나 마찬가지인 공용 자전거가 지천인데 왜 굳이 비싼 돈 들여 그런 애물단지를 사야 하는지 모르겠다. 아직은 내 두 다리가 자동차 바퀴보다 튼튼하고 실용적이라고 믿는 이유도 있다. 걸으면, 세상은 차창 밖으로 그냥 스쳐 지나가는 풍경이 아니라 오래도록 각인되는 기억과 느낌이 되고 새로운 만남이 된다. 어느 유명한 학자가 '걷기는 두 발로 사유하는 철학'이라고도 하지 않았나.

베이징에서도 근 17년째 매일 걷고 있다. 지난 17년간 걸으면서 목격한 베이징 거리의 가장 큰 변화는 '개발'이라는 이름으로 사라지는 것들이다. 베이징으로 이주한 2002년부터 지금까지 매일같이 본 풍경은 소음과 먼지로 가득한 공사 현장이다. 지금도 창문만 열면 쉼 없이 이어지는 아파트, 학교, 쇼핑몰 공사가 눈에 들어온다. 풀 한 포기 자랄 수 있는 공간만 있으면 수단과 방법을 가리지 않고 개발한다. '중국 특색의 사회주의'는 '중국 특색의 개발주의'로 고쳐야 마땅하다.

낡은 것들이 사라진 자리에는 예외 없이 아파트와 쇼핑몰이 들어섰다. 집 뒤로 커다란 재래시장이 있던 자리는

⑱ 우아하고 고급스러운 '멋진 신세계'

주변에서 가장 비싼 아파트 단지와 최신 쇼핑몰로 변했다. 아침마다 장바구니를 끌고 나가 오전 내내 재래시장 골목을 돌다가 허기지면 시장통 안 단골 쓰촨 음식점에서 단단멘 한 그릇을 후루룩 먹던 기억도 이제는 고물상에나 가져가야 할 낡은 추억이 되었다. 이른 아침, 시장 문 여는 시간에 맞춰 장바구니를 끌고 다정하게 산책하러 가던 아래층 노부부도 이제는 시장 대신 쇼핑몰과 대형 마트에 간다.

나도 예전처럼 매일 장바구니를 들고 나갈 일이 없어졌다. 그때는 장을 보러라도 밖에 나가야 했지만 지금은 맘만 먹으면 종일 나가지 않아도 된다. 스마트폰이 생기면서 장 보기도 손가락으로 한다. 알리바바 마윈이 만든 대형 마트 앱에 접속해서 장을 보면 하늘이 두 쪽 나지 않는 한 30분 내로 총알 배송이 된다. 아직도 한국이 세계에서 가장 빠른 '배달의 민족'인 줄 알면 큰 착각이다. 자전거와 자동차가 누볐던 베이징 거리에 지금은 각 배달업체 총알맨의 오토바이가 사방으로 질주한다. 베이징 곳곳의 건설 현장에서 일하거나 삼륜차나 인력거로 사람과 짐을 실어 나르던 농민공 대부분이 오토바이 총알맨으로 변신했다.

우리 집에도 거의 날마다 총알맨이 문을 두드린다. 직접 장을 보고 싶을 때는 집 앞 쇼핑몰에 가서 직원들의 친절한 인사를 넙죽넙죽 받으며 장바구니에 물건을 '쇼핑해' 온다. 나오는 길에 이제는 거의 중국 인민 카페가 된 스타벅스에 가서 커피 한잔 마시고 바로 코앞에 있는 집까지 느릿느릿 달팽이 걸음으로 걸어서 온다. 요리도 하기 싫은 날에는 마윈의 마트로 간다. 재료를 사고 비용을 추가하면 입맛대로 조리된 즉석요리가 나온다. 그것도 귀찮으면 스마트폰으로 손가락만 움직여서 음식을 배달시킨다. 이렇게만 살면 절대 걸을 일이 없고 이웃집 노부부를 마주칠 기회도 없다.

　시장에서 만나자고 했던 약속 장소는 쇼핑몰에 있는 카페나 식당가로 바뀌고, 재래시장 가던 길은 사라졌다. 베이징에서 사라진 것은 시장과 길뿐만이 아니다. 날마다 마주치던 이웃과 행인도 스마트폰 세상으로 사라지고, 번쩍이는 호화 쇼핑몰 안에서 어깨만 스치는 타인이 되었다. 예전에는 걸을 수밖에 없어서 걸었지만, 지금은 다이어트를 위해 억지로 걷고 뛰어야 한다. 그것도 거리가 아니라 쇼핑몰 안 피트니스센터에서 말이다. 한마디로 17년여 동안 베이징은 거대한 온·오프라인 쇼핑몰로 변했다.

　그래도 나는 아직 미련하게 베이징을 두 발로 걷고 있다. 날씨가 좋을 때는 가끔 톈안먼과 쯔진청이 있는 베이징 중심부까지 무작정 걸어간다. 걸을 때마다 보고 느끼는 거지만 베이징 거리는 주기적으로 정치 선전 구호가 바뀐다. 최근에는 시진핑 국가주석의 어록으로 도배됐지만, 보통은 정치 이념이나 국가 정책을 구호로 홍보한다. 구호가 있는 베이징 거리의 모습은 유일하게 변하지 않은 풍경이다.

며칠 전에는 집에서 베이징 CBD(중심상업업무지구)까지 걸어갔다. 창안제, 젠궈먼, 궈마오 등 베이징의 핵심 지역을 지나는, 빽빽한 빌딩숲과 고급 쇼핑몰이 끝없이 이어지는 길이다. 그 길 끝자락에 있는 화마오 쇼핑센터와 SKP 백화점도 내가 사랑하는 장소다. 예전에는 그곳에 큰 재래시장이 있었다. 일부러 세 시간을 걸어 거기까지 가는 이유는 딱 두 가지다. 첫째는 먹기 위해서다. 배가 잔뜩 고파야 많이 먹기 때문에 아침부터 굶고 장장 세 시간을 힘들게 걸어가서 걸신들린 듯이 먹는다.

화마오 지하에는 유명한 맛집들이 몰려 있다. 중국 전역의 특색 있는 프랜차이즈 식당에 홍콩·마카오·타이완의 유명 식당은 물론 한국 식당까지 있다. 다른 쇼핑몰에도 맛집이 있지만 나는 화마오 음식을 유독 사랑한다. 화마오에 가는 날에는 점심과 저녁을 다 거기서 '때려 먹고' 온다.

화마오 지하 맛집에서 점심을 배 터지게 먹고는 바로

옆 SKP 4층으로 직진한다. 그곳에는 또 다른 세계가 펼쳐져 있다. 전혀 뜻밖의 서점이 그곳에 있다. 베이징의 다른 고급 쇼핑몰에도 서점이 많이 들어와 있지만 SKP 4층 서점은 남다른 데가 있다. 이름도 '약속 또는 만남의 장소'라는 뜻을 가진 랑데부Rendez-Vous다.

2017년 문을 연 랑데부는 SKP에서 기획하고 경영하는 서점이다. 원래 고급 시계를 팔던, 쇼핑몰에서 가장 입지가 좋은 황금 구역을 차지하고 있다. 이런 금싸라기 위치에 굳이 '돈이 될 것 같지 않은' 서점을, 그것도 직영으로 차린 이유가 무엇일까? SKP 부사장은 이렇게 설명한다.

"많은 명품 브랜드에서 입점을 희망했습니다. 그들이 들어오면 수입이 보장되지만 경영진의 생각은 달랐습니다. 사람들은 SKP를 고급 브랜드를 취급하는 쇼핑몰로 인식합니다. 그런데 고급이란 개념은 명품 가방이나 신발에만 적용되는 것이 아닙니다. 정신생활 역시 고급을 요구합니다. 독특하고 품격 있는 서점은 바로 그런 요구에 부합하는 가장 좋은 선택이었죠. 서점이 막 문을 열었을 때는 대부분 비관적으로 보았습니다. 요즘 책을 보는 사람은 없고, 있다 해도 인터넷이나 휴대전화로 읽는다는 거죠. 몇 달 뒤 이런 우려는 깨끗이 빗나갔습니다. 창가에 앉아서 커피나

⑱ 우아하고 고급스러운 '멋진 신세계'

와인 한 잔을 마시며 책 한 권을 읽어 보세요. 책 속에 있는 문자만이 아니라 편안한 독서 분위기를 얻을 수 있습니다. 우리 서점에 있는 모든 것은 더 나은 독서 환경을 위해 서비스됩니다. 바로 이 분위기가 온라인으로 절대 대체할 수 없는, 오프라인 서점이 지닌 장점이죠."(2018년 4월 18일 자 『베이징 완바오』 인터뷰 기사)

랑데부에서는 책만 팔지 않는다. 카페와 프랑스 식당, 와인 바, 영국식 찻집, 수제 치즈 가게가 있고 중간중간에 고급 문화상품을 파는 공간이 있다. 식사도 하고 와인이나 커피를 마시면서 책을 읽을 수 있으며, 매주 유명 건축 디자이너·작가·문화 창작자를 초대해 이야기도 듣는다. 입구 오른쪽에 작은 갤러리도 마련돼 있다.

랑데부에 들어서는 순간, 이곳이 서점인지 명품 브랜드관인지 고급 프랑스 식당인지 잠시 헷갈린다. 요즘 중국 서점가의 대세인 복합 문화공간 형태지만, 메인은 역시 서점이다. 식당, 카페, 문화상품 등은 모두 서점을 위해 존재한다. 책을 읽으면서 이 모든 것을 즐길 수 있는 다목적 공간이다. 책은 장식용이 아닐까 의심했지만 서점 안에 진열된 책들을 보고는 벌어진 입을 다물지 못했다. 책을 고르는 안목이 일반 서점보다 몇 배는 더 전문적이고 수준이 높다.

중국에서 쉽게 구할 수 없는 외국 독립 잡지와 예술 서적, 인문사회과학 서적이 주를 이루는데 한 권 한 권이 그야말로 '예술'이다. 사치스럽고 고급스러운 쇼핑몰 분위기에 맞게 적당히 장식용 교양서를 채워 넣은 서점이 아니다.

랑데부 서점에 들어서면 마치 나만의 보물섬에 들어온 느낌이 든다. 숨겨진 맛집을 발견한 즐거움처럼, 좋은 책을 발견하는 행복을 어떻게 설명할 수 있을까. 그곳에서 나는 폭식과 '폭독'을 맘껏 즐기며 걷기로 지친 몸과 마음의 여독을 풀다 온다.

쇼핑몰 세상으로 변한 게 어디 베이징뿐이겠는가. 세계의 옛 거리와 시장이 많이 사라졌거나 사라져 가고 그 자리에 휘황찬란한 소비의 전당인 쇼핑몰이 꽃처럼 피어나고 있다. 이런 변화를 두고 영국의 도시디자인 학자 캐럴린 스틸은 "인간의 삶 옆에 놓여야 할 것들이 도시 밖으로 내몰려 우리는 빈껍데기 속에서 살고 있다"고 말했다. 결국 우리는 모두 거대한 쇼핑몰 세계에 살고 있고, 거리나 시장 같은 인간적 유대 관계를 맺는 '공공장소'는 죽은 지 오래라는 거다.

그럼에도 나는 그곳을 사랑하지 않을 도리가 없다. 그곳은 나의 '혀와 뇌'를 행복하게 하는 또 다른 천국이기 때

⑱ 우아하고 고급스러운 '멋진 신세계'

문이다. 쇼핑몰 안에도 이렇게 우아하고 고급스러운 '멋진 신세계'가 있을 수 있다니! 내가 걸어서 발견한, 베이징의 뜻밖의 명물이다. ○

인생과 러간몐의 공통점 ⑲

"내 서점을 모르는 이는 다 가짜로
공부하는 사람들이야"

☞ 우한대학 앞 고서점 지청구수뎬

우한에 가면 반드시 러간몐熱幹面을 먹어야 한다. 물기 없는 마른 국수에 참깨 소스를 부어 비벼 먹는 이 면은 이름 그대로 뜨거울 때 먹어야 제맛이다. 우한의 아침은 낡은 전선 줄처럼 어지러이 얽힌 비좁은 골목길과 도로변에서 뿜어 나오는 러간몐의 열기와 함께 시작된다. 중국어로 아침을 먹는다는 말은 '츠짜오판'吃早飯이지만 우한에서는 '궈짜오'過早라고 한다. 우한 사람들은 궈짜오를 제대로 하지 않으

면 하루를 잘 보낼 수 없다고 생각한다. 그래서 이른 아침, 우한 거리에는 러간멘으로 궈짜오를 하는 사람들의 후루룩 쩝쩝 소리가 자동차 소리보다 더 요란하게 울린다.

러간멘은 다른 지역 국수에 비해 별 특색이 없다. 특색 없는 특색, 어찌 보면 중국 후베이성 성도인 우한의 특징을 닮았다. 후난, 쓰촨 등 개성이 뚜렷한 지역과 달리 우한으로 대표되는 후베이성은 별다른 특징이 없는 도시다. 중국에서 가장 개성 없는 도시라고 악평하는 이들도 있다. 역사학자 이중텐은 우한의 이런 무미건조한 특색을 '집대성'이라는 다소 긍정적인 단어로 묘사했다. 우한은 연결된 다른 지방의 문화가 응축된 곳이자 다양한 문화가 집대성된 곳이라는 것이다.

우한은 도시 중심부에 중국의 젖줄이라는 장강이 흘러 수륙으로 사통팔달 연결되는 지역이다. 우창, 한커우, 한양 세 지역이 통합되어 우한이 되었고, 우한을 중심으로 쓰촨, 산시, 허난, 후난, 구이저우, 장시, 안후이, 장쑤 그리고 후베이까지 아홉 개 성이 연결돼 있다. 중국에서 이름 앞에 大자를 붙이는 도시는 상하이와 우한뿐으로 20세기 초까지만 해도 '大상하이', '大우한'이란 말이 보편적으로 쓰였다. 한때 '동방의 시카고'라는 별칭으로도 불렸지만,

⑲ 인생과 러간멘의 공통점

우한의 현재는 과거의 영화를 재현하지 못하고 있다. 유리한 지리적 여건과 풍부한 자원이 있으면서도 다른 지역에 비해 그리 특색 있는 발전을 이루지 못했다.

우한의 가장 큰 특징이라면 첫째는 궈짜오 문화, 둘째는 성질 사납고 우악스럽기로 악명 높은 여인들이다. 우한 여성의 성격을 보편적으로 묘사할 때 중국에선 흔히 '포라' 潑辣라는 표현을 쓴다. '사납고 우악스럽다, 무지막지하다'는 뜻인데 '대담하고 억척스럽다'는 뜻도 담겼다.

우한에서 유명한 소상품 도매시장인 한정제에 가 보면 왜 우한 여성을 '포라'라고 하는지 대충 이해가 된다. 가격 협상이 잘 안 되거나 물건을 건드리기만 하고 사지 않는 손님과 말다툼이라도 벌어지면 시장은 삽시간에 욕지거리가 난무하는 난리통으로 변한다. 방금 전까지 생긋 웃던 주인 여자의 입에서 어떻게 그런 듣도 보도 못한 욕이 따발총처럼 따발따발 쏟아져 나오는지 잠시 정신이 혼미해진다. 그 욕을 다 먹으면 아침에 먹은 러간몐이 입에서 그대로 뿜어 나올 지경이다.

2012년 개봉한 영화 『만 개의 화살이 심장을 관통하다』萬箭穿心는 우한을 배경으로 한다. 중국 영화사에서 수작으로 꼽히는 이 영화에는 속물스러우면서도 억척스러운 보통 사람의 삶 그리고 '포라'한 우한 여자의 성격이 생생하게 그려져 있다. 주인공 리바오리는 전형적인 우한 여자다. 체면과 품위 따위는 생각하지 않고 푼돈에도 상스러운 욕을 입에 달고 산다. 리바오리에게서 온갖 멸시를 받으며 개보다 더 불쌍하게 사는 남편 마쉐우는 직장 동료와 바람이 나서 아내에게 이혼을 통보한다. 아들을 위해 가정은 지켜야겠다고 마음먹은 리바오리는 곧장 경찰서에 전화해 매춘이라고 밀고한다. 이 사실을 우연히 알게 되고 직장에서 해고까지 당한 마쉐우는 유서 한 장을 남긴 채 창장대교 아래로 몸을 던진다. 리바오리의 친구는 이 모든 일이 새로 이사한 집의 풍수가 좋지 않아서라고 분석한다. "아파트 밑으로 너무 많은 교차로가 관통하고 있어. 풍수지리학적으로 말하면, 만 개의 화살이 심장을 관통하는 격이라고." 이 말을 듣고 리바오리는 발끈한다. "그놈은 쓸모없는 작자야. 해고당한 사람들이 다 그렇게 강물에 빠져 죽는다면 장강이 막혀 버리겠네. 이제 나는 아들과 시어머니를 부양해야 해. 나는 이 집에서 반드시 눈부신 삶을 살아 낼 거야."

리바오리는 시장 골목에서 멜대를 짊어지고 짐꾼 일을 하며 어린 아들과 시어머니를 부양한다. 하지만 리바오리가 꿈꾸던 눈부신 삶은 끝내 오지 않는다. 설날에 장성

⑲ 인생과 러간멘의 공통점

한 아들에게 절연을 통보받은 리바오리는 홀로 창장대교로 간다. 여차하면 남편처럼 강으로 투신할 수도 있었지만, 그는 하늘 위로 피어오르는 불꽃과 아들 또래 젊은이들이 활짝 웃는 모습을 보고 오랫동안 잊고 있던 웃음을 보인다. 낡은 자동차를 낑낑대며 밀고 가는 리바오리의 마지막 모습을 보면서 이런 생각을 했다. 인생은 제 힘만으로는 불가항력적인 요소가 있지만, 그래도 억척스럽게 낑낑대며 밀고 살아가는 일이라고.

이 영화에서 인상 깊은 장면 하나. 영화 초반에 마쉐우가 자전거를 타고 출근하는 모습이다. 신호등 앞에 멈춰 선 주변 사람들이 하나둘 자전거 바구니에서 도시락을 꺼내서 먹기 시작한다. 그들이 먹는 것은 바로 러간멘. 아직도 김이 모락모락 나는 러간멘을 먹으며 신호가 바뀌기를 기다리는 우한 사람들의 표정이 얼마나 진지하던지. 또 시장한가운데서 러간멘을 먹으며 두리번두리번 손님을 기다리는 리바오리의 표정은 얼마나 절박하던지. 그들이 먹는 러간멘은 지금의 삶이자 앞으로 살아가야 할 인생을 상징하는 듯했다. 러간멘은 뜨거울 때 가장 맛있지만 식어도 먹을 만하듯이, 인생도 뜨겁든 차갑든 살기면 하면 그럭저럭 견뎌지는 것이라고.

우한에 도착한 다음 날, 나도 출근하는 사람들 무리에 섞여 노천 식당에서 러간멘 한 그릇으로 '궈짜오'를 했다. 그런 다음 버스를 타고 우한에서 가장 유명한 관광지 황허러우(황학루)에 갔다가 내려오니 온몸이 땀에 흠뻑 젖어 있었다. 7월 중순이라 한낮의 우한은 살인도 부를 수 있는 열가마 그 자체였다. 서둘러 택시를 잡아타고 우한대학 앞으로 가자고 했다. 기사가 슬쩍 나를 곁눈질하면서 던지는 농담.

"우한에 놀러 오셨나 봐요? 재미있는 얘기 하나 해 드릴까요? 방금 전에 아프리카 유학생이 탔거든요. 타자마자 땀을 뻘뻘 흘리며 더워 죽겠다는 거예요. 또 한 가지 웃긴 얘기가 뭐냐면요, 우한에 와서 황허러우를 비싼 돈 내고 보러 가는 멍청한 사람들이에요. 아니, 옛날 그대로의 건물도 아니고 몇 년 전에 불이 나서 재건한 건데 무슨 대단한 볼거리가 있다고 돈 주고 힘들게 올라간대요?"

졸지에 멍청한 관광객이 된 나는 기사가 하는 이야기를 멍청하게 듣고 멍청하게 웃었다. 혹시라도 그 기사가 나를 다른 승객에게 '우한대학 구경하러 가는 멍청한 관광객'이라고 웃음거리 삼을까 봐 일부러 골목길을 물어물어 찾아갔다. 목적지인 고서점 앞에 도착해서야 기사는 내가 멍

⑲ 인생과 러간멘의 공통점

청한 관광객이 아니라는 걸 알았는지 '문화인'(배운 사람)이라고 치켜세워 주었다.

우한의 세 번째 특징은 중국에서도 손에 꼽히는 명문대인 우한대학 앞 작은 골목길에 숨어 있는 고서점이다. 우한에서 좀 '배운 사람'이라면 다 아는 서점이다. 우한대학 출신들은 이 서점을 우한대학의 '제5도서관'이라고 부른다. 대학 도서관 못지않게 장서가 많다는 뜻이다.

지청구수뎬集成古書店이란 이름을 가진 이 고서점은 30년 넘게 자리를 지키고 있다. 우한대학 학생과 교수 들에게 '우라오반'吳老板(우 사장님)이라고 불리는 고서점 주인 우헝시는 올해 73세. 우한의 유명한 고서점 거리에서 자란 덕에 어릴 때부터 고서적에 관심이 많았던 그는 커서 자신의 고서점을 차리겠다는 꿈을 가졌다. 그러나 여러 정치운동의 풍파 속에 원치 않는 고초를 겪으며 산다는 게 내 맘대로 되는 게 아님을 깨달았다.

인생의 풍파는 개혁·개방이 시작되면서 조금씩 잦아들었다. 1980년대에 정부 차원에서 문화 사업을 지원하기 시작하자 1988년 우헝시는 드디어 동생과 함께 염원하던 고서점을 차렸다. 한때 장서가 10만 권이 넘었지만 2014~2015년 두 차례 홍수로 절반 이상이 물에 잠기고 말았다. 살아남은 장서는 4만여 권. 우라오반은 그때 일을 가장 가슴 아프게 기억한다.

고서적을 찾는 사람은 대부분 장서가와 애서가, 대학 교수와 학생이기 때문에 우라오반은 누가 무슨 책을 주문할지 훤히 꿰고 있다. 우라오반이 고서점에 품은 자부심은 전혀 근거 없는 허풍이 아니다.

지청구수뎬은 중국 내 고서점 중에서도 최고로 통한다. 우한 시정부도 지청구수뎬을 문화보호중점서점으로 지정해 각종 세금 감면 혜택을 주고 있다.

"내 서점을 모르는 이는 다 가짜로 공부하는 사람들이야. 나는 월·수·금만 일하고 다른 날에는 고서적을 수집하러 다녀. 1년에 한두 번은 타이완이나 홍콩까지 가서 고서적을 수집해. 아무리 돌아다녀도 내 서점에 있는 고서적보다 더 좋은 책은 없더라고. 타이완의 유명하다는 고서점도 장서 수준이 별 볼 일 없어. 고서점을 운영하려면 고전에 박학다식해야 하고 책의 가치를 알아보는 눈이 있어야해. 나로 말할 것 같으면 우한대학 그 어떤 교수가 와도 종일 논쟁할 수 있을 정도로 독서량이 많은 사람이야. 고서적을 수집하러 가지 않는 날에는 종일 하는 일이 책 읽는 거야. 그게 내 일이고 인생이지. 한국에도 이런 고서점이 있

⑲ 인생과 러간몐의 공통점

는가?"

　그러니 우한에 가면 반드시 세 가지를 경험해 봐야 한
다. 첫째는 러간몐을 '궈짜오'하는 것, 둘째는 시장에 가서
우한 여인들의 '포라'한 욕지거리를 들어 보는 것, 셋째는
지청구수뎬을 찾아가 문 앞 의자에 비스듬히 누워 책을 읽
는 우라오반을 만나는 것이다. 우라오반은 이미 오래된 고
서적처럼 의자와 함께 붙박이가 되어 있다. ○

기업형 체인 서점의 최강자를 꿈꾼다

☞ 베이징 싼리툰의 중신수뎬

2019년 6월 5일 새벽 4시께, 한 남자가 자살했다. 향년 42세. 그는 중국 블록체인 데이터분석 플랫폼 BTE의 창업자 후이이였다.

후이이는 중국 블록체인 업계의 선두 주자이자 촉망받는 젊은 기업인이었다. BTE는 미국 경제지 『포브스』가 선정한, 2018년 중국에서 가장 창의성 있는 50대 기업으로도 뽑혔다. 손정의의 소프트뱅크도 그의 능력에 주목하며 펀딩을 했고, 중국에서 '가장 투자 가치가 있는 기업상'도 받았다. 후이이는 세계 굴지의 회사인 IBM과 마이크로소프트 차이나에서 고위직에 있었으며 잘나가는 P2P(개인거래) 회사를 차리기도 했다. 하지만 잇따른 투자 실패와 적자 누적으로 회사 경영이 힘들어지자 잘 마시지도 못하는 술을 잔뜩 마시고 스스로 생을 마감했다. 그의 사무실 벽에는 이런 글귀가 붙어 있었다. "네가 진심으로 좋아하는 돈의 또 다른 이름은 자유다. 하지만 돈으로 바꾼 자유통행증은 결국 거품처럼 사라질 것이다." 그 역시 자신이 숭배하던 돈과 마찬가지로, 거품처럼 지상에서 사라졌다.

중국 셴펑그룹 장전신 회장 역시 2019년 9월 18일 영국 런던에서 갑작스럽게 사망했다. 향년 48세. 인터넷 금융사업 분야에서 두각을 보이던 기업은 홍콩 증시에도 상장되어 장전신은 일찌감치 백만장자 대열에 진입했다. 하지만 2019년 중국 P2P 기업이 줄도산을 하면서 그의 회사도 각종 투자 실패와 방만한 경영 등으로 적자의 늪에 빠졌다. 런던에 호화 별장을 두고 한때 네다섯 대의 개인 전용기까지 소유했던 장전신의 갑작스러운 죽음을 놓고 아직까지 확인되지 않은 소문이 무성하다. 장전신의 죽음이 진짜든 가짜든 간에, 그가 일군 셴펑그룹의 신화는 모래성처럼 한순간에 무너졌다.

2019년 8월 29일, 상하이 정다그룹 회장 다이즈캉이 경찰에 자수했다는 뉴스가 전해졌다. 불법 사모펀드를 조성해 투자자들에게 거액의 손해를 입힌 혐의로 경찰에게 쫓기던 그의 자수와 체포 소식은 중국 재계에 큰 충격을 주었다. 1992년 정다그룹을 창업해 부동산·문화·금융 사업 등에서 중국 내 최정상에 올랐던 다이즈캉의 몰락은 중국 경제에 드리운 암운을 상징하는 사건이었다.

상하이에서 가장 아름다운 현대 건축물로 손꼽히는 히말라야 미술관을 설립하며 문화 사업에서도 욕심을 보였던 다이즈캉의 몰락을 놓고 '방향 감각을 상실한 채 멈출 줄 모르는 무모한 질주를 했기 때문'이라는 분석이 많았다. 상하이 푸단대학에서 철학박사 과정까지 공부하며 좀 더 품위 있고 철학적인 기업가가 되려 했던 그의 꿈은 결국 '감옥으로부터의 사색'으로 마무리됐다.

장쑤성 우수민영기업이던 신청그룹 회장 왕전화의 몰락은 이보다 더 드라마틱하다. 그는 2019년 6월 29일 상하이의 한 호텔에서 아홉 살밖에 안 된 여아를 성폭행한 혐의로 체포되어 현재 감옥에서 판결을 기다리고 있다.

왕전화는 사건 당시 57세로 다이즈캉과 같은 연배였

으며 창업 시기도 거의 비슷한 1993년이었다. 이들은 개혁·개방 정책의 최대 수혜자로 중국 경제의 원시적 축적기 단계에서 막대한 부를 쌓은 1세대 민영 기업가다. 왕전화는 장쑤성을 무대로 부동산 분야 거물 기업인으로 성장해, 최근에는 놀이동산 사업에 주력했다. 그는 장쑤성 정부와 상하이시에서 주는 전국노동모범상과 우수민영기업가상, 사회주의건설공훈상 등 온갖 상을 휩쓴 '상장왕'이었다. 그랬던 왕전화의 체포 소식에 중국 재계뿐 아니라 전 중국이 경악했다. 인터넷에서는 "이런 쓰레기 같은 놈은 분리수거할 필요 없이 아예 생매장해야 한다"는 분노의 목소리가 들끓었다. 중국 형법에 따르면, 미성년자 성폭행은 그 정도의 심각성에 따라 사형도 선고할 수 있다. 지금 중국인들은 왕전화의 사형 선고를 간절히 기다리고 있다.

왕전화 못지않게 중국인들을 경악시킨 인물은 마윈의 알리바바와 쌍벽을 이루는 전자상거래 기업 징둥그룹 회장 류창둥이다. 2019년 7월, 미국 경찰은 류창둥의 성폭행 혐의와 관련된 증거를 모두 공개했다. 그 증거와 증언이 너무 세세해서 차마 읽기 민망할 정도다. 그는 2018년 9월 미국 출장에서 현지 중국 유학생을 성폭행한 혐의로 체포됐는데, 거물급 변호사를 써서 증거 부족을 이유로 보석으

⑳ 중국 재계, 이제는 '소사소난'할 수 있을까

로 풀려난 뒤 귀국했다. 하지만 2020년 1월 미국에서 민사 재판이 열려 다시 한번 그의 민망한 증거가 만천하에 공개되었다. 그 사건만 아니었다면 그는 '개혁·개방 40주년, 가장 걸출한 기업인'으로 선정됐을 것이다. 걸출했던 기업인 류창둥은 왕전화처럼 비참하게 몰락하지는 않았지만, 그는 이제 성폭행범의 대명사가 되었다.

중국 최대 스마트폰 제조 및 이동통신장비 기업인 화웨이 역시 2019년은 악몽이었다. 2018년 12월 1일, 화웨이 창업자 런정페이의 딸이자 화웨이 부사장인 멍완저우가 캐나다 밴쿠버에서 미국의 대이란 제재법을 어긴 혐의로 긴급 체포되었다. 이 사건은 중국과 캐나다, 미국 간 정치외교 '전쟁'으로 번졌다.

화웨이 사태는 중국인에게 미국과 서방 국가가 중국 과학기술의 성장을 방해하려는 작전으로 읽히면서 '전 세계 중국인이여 단결하라'는 애국주의 운동으로 발전했다. 2년째 이어지는 중-미 무역협상에서도 중요한 현안이 되었다. '오늘, 우리가 모두 화웨이다'라는 구호로 중국인은 국가의 자존심을 걸고 미국과 한판 승부를 벌이려 하지만, 상황은 그리 녹록지 않다. 미국이 제재를 풀거나 완화하지 않으면 화웨이도 글로벌 시장에서 거품처럼 꺼져 버릴 수 있기 때문이다. 홍콩 사태와 내부 정치 문제만으로도 머리에 쥐가 날 시진핑 국가주석이 화웨이 운명까지 떠맡게 돼 여러모로 심경이 복잡한 연말을 보냈을 듯하다.

"2019년은 중국 기업인에게 비극적인 해였다. 중국 경제는 이제 성장 시대를 마감하고 하락 시대로 접어들었다. 2020년이 2019년보다 더 좋아지리라는 보장도 없다. 먼 미래는 더더욱 예측할 수 없다. 그래서 더 불안하다."

중국의 한 민영 기업가가 내뱉은 탄식이다. 그는 시진핑 체제가 들어선 뒤 민영 기업들이 줄도산을 하고 있다며, 모든 책임이 국가 정책에 있는 것은 아니지만 시진핑 정부의 경제 정책이 왜 민영 기업을 죽음으로 내몰고 있는지 한번 따져 봐야 한다고 말했다. 그는 중국의 2019년을 이렇게 압축해서 표현했다. "정치, 경제, 외교 등 모든 면에서 품위를 상실한 해."

홍콩 문제와 중-미 무역 갈등, 주변 국가들과 외교 마찰, 경제 성장 하락 등 다방면에서 중대한 품위 손상을 입었다는 것이다. '중국몽'과 '애국주의' 광풍만이 빈껍데기 속에서 시끄러운 나팔을 불 뿐이라고.

중국 서점 업계에서 신화수뎬 다음으로 전국 체인을

많이 가진 중신수뎬中信書店은 중국의 대표 기업형 서점이다. 모기업인 중신그룹은 1979년 덩샤오핑의 지시로 당시 국가부주석 룽이런이 설립한 중국 국제신탁 회사로 출발했다. 2012년 '중국중신그룹'이라는 국유독자기업으로 새 출발을 하면서 현재 금융업과 여행·문화 사업 등 서비스업을 중심으로 자회사 수십 개를 거느리고 있다.

중신수뎬은 그룹 산하 중신출판사에서 전액 출자해 만든 서점이다. 중신출판사는 업계에서 꽤 괜찮은 책을 기획·출판한다는 좋은 평판을 얻고 있으며 특색 있는 잡지들을 발간하는 것으로도 유명하다. 나도 이 출판사의 잡지와 해외 번역물을 좋아한다. 중신수뎬은 주로 공항과 대도시 백화점, 화이트칼라가 밀집한 오피스빌딩에 자리를 잡았다. 2018년 12월 말 통계를 보면 중국 내 16개 성에 중신수뎬이 있다. 전국 공항에 51개, 각 도시에 28개 지점이 있는데 전국 공항에 500개 지점을 목표로 투자를 계속하고 있다. 이 목표가 달성된다면 중신수뎬은 중국 최대 기업형 체인 서점이 된다.

내가 자주 가는 중신수뎬은 베이징 싼리툰 근처의 고급 오피스빌딩인 치하오빌딩 1층에 있다. 카페와 다양한 문화상품 매장이 있는 복합 공간으로 꾸며져 있으며 주 고객은 점심시간이나 저녁 퇴근시간에 서점을 찾는 회사원이다. 중신출판사에서 펴내는 라이프스타일과 여행 관련 책이 풍부하고, 모기업이 중신그룹이다 보니 한 코너 전체를 기업경영과 경제 관련 책이 차지하고 있다.

2012년 말, 중신그룹 총수는 이렇게 말했다. "지금은 지식 대폭발 시대, 인터넷으로 온갖 지식을 학습하는 시대다. 서점은 갈수록 줄어들 것이고, 10~20년 뒤에는 중신수뎬만 남을지도 모른다."

과연 그렇게 될지는 아무도 모른다. 얼마 전 나온 뉴스를 보면 중신그룹 상황도 좋지는 않다. 자회사 중신궈안이 2019년 말에 돌아온 만기 채권 상환에 실패해서 신용 등급이 하락했다. 10~20년 뒤에도 중신그룹이 지금처럼 굴지의 대기업으로 살아남을지 의문이다.

"다사다난했던 한 해가 저물고 있습니다."

연말이면 항상 듣는 말이다. 인류가 생긴 이래 다사다난하지 않은 해가 있었던가. 그간 중국은 여러모로 다사다난한 해를 보냈다. 이제부터는 과연 '소사소난'할 수 있을까. 벌써부터 걱정이다. ○

그곳에 가면 가장 아름다운 서점이 있다

☞ 난징의 셴펑수뎬

"안녕하세요. 정부에서 알려드립니다. 당신은 심각한 빈곤 인구라는 측정 결과가 나왔습니다. 국가의 올해 중요 정책인 전면적인 빈곤 탈출 목표 달성을 위해, 당신은 내일 아침 8시 정각까지 현지 공안국에 자수해서 사형 처분을 받으십시오. 협조에 감사드립니다."

2020년 새해 첫날에 받은 '중국 특색의 가짜뉴스'다. 시진핑 국가주석은 "올해 전면적인 빈곤 탈출을 완성하겠다"는 신년사를 발표했다. 그러자 곧바로 중국 인터넷상에는 이 내용을 가짜뉴스 형식으로 유머러스하게 비꼰 기사가 폭주했다. "너도 빈곤 인구냐? 나도 빈곤 인구다. 우리 모두 자수해서 사형당하자"는 '빈곤 덕담'도 여러 소셜네트워크에서 유행했다.

"중국 길거리에선 돈에 관한 이야기가 가장 많이 들려. 어딜 가도 돈, 돈, 돈 얘기뿐이야. 10년 전이나 지금이나 중국은 여전히 돈에 목마른 사회 같아."

얼마 전 오랜만에 베이징을 방문한 지인이 들려준 '중국 인상기'다. 그는 베이징에서 10여 년을 살다가 2년 전 한국으로 돌아갔다. 함께 만난 중국 독립 다큐영화 감독도 비슷한 얘기를 했다.

"중국은 나쁘게 말하면 변태 사회예요. 지하철이나 버스를 탈 때부터 내리는 순간까지 들리는 얘기는 죄다 '어떻게 하면 돈을 벌 수 있을까' 이거예요. 모든 사람이 돈만 생각하는데 변태 사회가 아니면 뭐겠어요?"

한국 길거리나 지하철 등에선 무슨 이야기가 가장 많이 들릴까. 가 본 지 오래돼 잘 모르겠지만, 중국에 사는 한국 지인들에게 자주 듣는 이야기는 부동산과 교육 문제다. 최근에는 부동산 이야기가 부쩍 늘었다.

㉑ 코끼리는 그곳에 가만히 있다네

한 지인은 "집도 절도 없는 노후가 걱정"이라고 했다. 결혼하지 않아 노후를 온전히 혼자 감당해야 하는데, 가장 큰 걱정이 내 집이 없는 것이라고 한다. 직장 동료 가운데 아직 집을 마련하지 못한 사람은 자기밖에 없다며 탄식했다. "오십이 되도록 혼자 살 집 한 채도 못 사고 뭐 하고 살았나 몰라."

5~6년 전 1억 원쯤 대출받으면 요즘 서울에서 핫하다는 마포나 합정동 쪽에 작은 아파트 한 채를 마련할 수도 있었던 동생은 "이게 다 재수 없는 부동산 전문가들 때문"이라며 매일 쌍욕을 하며 산다. 동생은 정권이 바뀌고 몇 년만 지나면 서울 집값이 확 내려간다는 말만 믿고 당시 전세가나 매매가나 별 차이가 없던 아파트 구매 기회를 포기하고 계속 집값 내려갈 날을 기다리면서 전셋집을 전전했다. 하지만 정권이 바뀌고 세월이 흘렀지만 집 장만은커녕 서울 시내에서 전세도 얻기 힘들어졌다. 동생이 퇴직 전 서울에서 집을 살 가능성은 거의 없어 보인다. 화병이 나서 알코올 중독자가 되지는 않을까 심히 걱정된다.

베이징에서 10년 이상 산 한국 사람들도 "왜 그때 집을 사 놓지 않았을까"라고 울분을 토한다. 이제는 베이징 집값이 뉴욕보다 더 비싸기 때문이다. 베이징의 아파트가

거의 '똥값'이었을 시절에 집을 산 사람들은 지금 돈방석에 앉아 젖과 꿀이 흐르는 행복한 노년을 설계하고 있다. 중국 부동산 가격 상승을 경험한 재중 한국인들은 지금 베트남의 호찌민이나 하노이로 몰려가고 있다. 그곳이 부동산으로 돈을 벌 기회의 땅이라며, 너도나도 '금'을 캐러.

"만저우리에 가야겠어. 거기에는 코끼리 한 마리가 가만히 앉아 있대."

만저우리는 러시아와 국경을 맞댄 중국 둥베이의 국경 도시다. 그곳 동물원에는 코끼리 한 마리가 종일 가만히 앉아 있다고 한다.

"그놈은 사람들이 쇠꼬챙이로 찌르거나 먹을 걸 던져도 꿈쩍하지 않고 앉아만 있어. 거기 앉아 있는 게 좋아서 그런 걸까. 그 코끼리를 보고 싶어."

지난해 11월 한국에서도 개봉한 중국 영화 『코끼리는 그곳에 있어』 도입부에 나오는 대사다. 이 영화는 2017년 베를린 영화제와 2018년 금마장 영화제에서 상을 받았고, 2019년 전주 국제영화제에서 상영됐다. 이 영화를 만든 후보 감독은 2017년 10월 12일 자신의 아파트에서 자살했다. 그때 후보는 겨우 29세였으며 영화가 개봉하기 전이었다.

㉑ 코끼리는 그곳에 가만히 있다네

영화제작사와 극심한 마찰을 빚으며 "시키는 대로 하지 않으면 감독 교체와 투자액 배상 소송을 하겠다"는 협박에 시달리다 자살했다는 후문이다. 죽기 전, 그는 변변히 밥 사 먹을 돈도 없어 집에서 냉동 만두만 쪄 먹었다고 한다.

영화 원작은 후보가 쓴 『커다란 틈새』大裂라는 제목의 단편소설집에 수록된 동명 소설이다. 소설의 배경은 만저 우리가 아니라 타이완 화롄의 한 동물원. 항상 그 자리에 가만히 앉아 있는 코끼리를 보러 주인공이 타이완으로 간다는 내용이다.

영화에선 중국 사회를 압축적으로 상징하는 등장인물 네 명이 하루 동안 겪는 일을 그린다. 위청은 친구 아내와 불륜을 저지르는데 이를 알게 된 친구가 아파트 베란다에서 떨어져 자살한다. 웨이부는 학교 폭력을 당하는 친구를 도우려다 실수로 폭력 가해자를 밀쳐 가해자가 죽는다. 죽은 가해자는 위청의 동생이다. 웨이부가 짝사랑하는 황링은 학교 선생님과 불륜 관계로 어느 날 이 사실을 전교생과 엄마가 알게 된다. 왕진은 손녀가 좋은 학교에 들어가려면 학군 좋은 곳에 살아야 하는데, 다 같이 살기에는 집이 너무 좁다며 아들 내외에게서 양로원에 가 달라고 버림받는 퇴역 군인이다. 네 사람은 이웃에 살거나 이런저런 사건들로 얽히고설킨 관계다.

이들의 공통점은 사회에서 쓰레기 취급을 받는 존재이며 절망에 휩싸여 불행하게 살고 있다는 것. 영화 도입부에서 웨이부의 아버지는 술을 마시면서 아들에게 말한다.

"네 방보다 더 썩은 내 나는 곳도 없을 거야! 아래층 쓰레기통도 네 방보다 썩은 내가 덜 난다고!"

이들이 향하는 곳은 바로 만저우리의 동물원이다. 그곳에 가면 코끼리 한 마리가 가만히 앉아 있고, 그들은 그 코끼리를 보러 간다. 코끼리는 왜 그곳에 꿈쩍도 하지 않고 앉아 있을까.

난징에 '중국에서 가장 아름다운 서점'이 있다는 얘기를 듣고, 나도 그 서점을 보고 싶었다. 쇠꼬챙이로 찌르거나 맛있는 걸 던져도 꿈쩍도 안 하고 가만히 동물원 우리에 앉아만 있다는 만저우리의 코끼리를 보고 싶었던 그들처럼, 그 서점에 꼭 한 번 가고 싶었다. 고속 열차를 타고 난징으로 갔다. 그 돈이면 시내 중심가 목 좋은 곳에 아파트 두세 채를 사서 황금알을 낳는 거위로 키울 수도 있었을 텐데, 왜 하필 돈도 안 되는 서점을 그렇게 크고 아름답게 차렸을까.

난징 우타이산 체육관 지하에 있는 본점 셴펑수뎬先
鋒書店은 배우 장동건이 진행하는 다큐멘터리『백 투 더 북
스』첫 방송에서도 소개됐다. 서점 마니아에게 난징 셴펑
수뎬은 가슴이 뭉클해지는 성지다.

셴펑수뎬은 1996년 난징 타이핑루에 있는 17제곱미
터의 작은 공간에서 출발했다. 이후 2004년 광저우루 우
타이산 체육관의 지하 주차장으로 쓰이던 공간 약 3,700
제곱미터를 서점으로 개조해 본격적으로 셴펑수뎬 시대
를 열었다. 현재 중국 전역에 분점 열여섯 곳이 있다. 창업
자 첸샤오화는 우타이산 본점을 창업하기 전 사업이 너
무 힘들어서 자살을 생각한 적도 있다고 고백했다. 그러다
"울고 싶으면 마음 놓고 울라"는 택시 기사의 말을 듣고 다
시 마음을 고쳐먹었다고 한다.

『코끼리는 그곳에 있어』를 만든 뒤 자살한 후보 감독
에게도 누군가 그런 말을 해 줬다면 그는 중국의 봉준호 같
은 세계적인 영화감독이 되었을지도 모른다. 사람들은 정
말 죽고 싶은 게 아니라 상처를 위로받고 싶은 마음이 더
크다. 영화 속 네 사람이 만저우리로 가는 버스에 올라탄
것도 위로받고 싶었기 때문이 아닐까.

영화에서 그들은 그저 먼 곳에서 들려오는 코끼리 울

음소리만을 듣지만, 원작 소설에선 마지막에 정말 코끼리를 만난다. "그놈은 얼핏 보기에도 무게가 5톤은 족히 돼 보였다. 가만히 앉아 있다는 게 대단한 일이다. 솔직히 말하면 나는 그 녀석을 끌어안고 한바탕 펑펑 울고 싶었다."

센펑수뎬은 최근 향촌 살리기 운동을 중점 사업으로 펼치고 있다. 역사와 문화, 인문학적 배경을 지닌 오지 마을에 서점을 차려서 향촌 문화를 살리겠다는 취지다. 그렇게 장쑤와 저장 지역에 그림처럼 아름다운 서점이 문을 열었으며 2020년 5월 윈난성 사시 마을에도 향촌 서점이 들어섰다. 사시 마을은 아주 오래전부터 내가 먼저 찜했던 구역이다. 나는 언젠가 그 마을에서 호떡 장사를 하거나 한국 분식점을 차리겠다는 꿈을 품고 있다.

중국 언론 인터뷰에서 첸샤오화는 이렇게 말한 바 있다. "서점이 단지 책만을 판다면 책 슈퍼마켓과 다를 바 없지요. 그런 서점은 오래가지 못해요. 서점은 사람과 사람 사이 정감이 교류하는 장소로, 사람들이 모일 수 있는 곳으로 만들어야 해요." 그는 바로 그런 취지에서 시골 마을 서점을 만들고 있다. 서점이 생기면 사람이 모이고, 사람이 모이면 마을이 알려지고, 마을이 알려지면 그곳의 문화가 더 발전하게 된다고.

㉑ 코끼리는 그곳에 가만히 있다네

어떤 이는 금을 캐러 베트남으로 몰려가고, 어떤 이는 아침 8시 정각까지 공안국에 자수하러 가서 사형 처분을 받는 세상이다. 온 거리에 돈 버는 얘기가 흘러나오고, 온 술집마다 우주로 떠나간 부동산 가격에 통곡하는 사람들로 넘쳐난다. 나는 셴펑수뎬 분점이 문을 연 윈난의 사시마을로 갈 거다. 서점 옆에 작은 호떡집이나 떡볶이 가게를 차려서 금도 캐고, 아름다운 집도 살 거다. 그곳에도 코끼리 한 마리가 가만히 앉아 있다고 한다. ○

내일부터는 행복한 사람 ㉒

어둠 속에서 빛을 찾아 헤매는 '친애하는 당신들'에게

☞ 베이징대학 앞 완성수위안

내일부터는 행복한 사람이 되어야지

말을 먹이고, 장작을 패고, 세계를 주유해야지

내일부터는, 양식과 채소에 관심을 가져야지

내 집 한 채는 바다를 향해 있어 봄엔 꽃이 핀다네

(⋯⋯)

나는 그저 꽃피는 봄날 바다를 향해 서 있기를 바라네

— 하이쯔, 「꽃피는 봄날 바다를 향해 서서」에서

요절한 중국 시인 하이쯔의 시를 노래처럼 흥얼거리고 다니던 시절이 있었다. 정작 시인은 불행하게 생을 마감했지만, 나는 그의 시에서 살아갈 힘을 얻곤 했다. 뜻하지 않게 장기화한 타국살이의 고단함 그리고 어쩌면 영원히 이국땅을 배회하는 이방인으로 살아갈지도 모른다는 막막한 고독이 차오를 때면 가만히 누워서 하이쯔의 시를 생각했다. '내일부터는 행복한 사람이 되어야지…….'

1989년 3월 26일, 갓 스물여섯이 된 젊은 시인 하이쯔는 베이징 인근에 있는 허베이성 산하이관의 낡은 철길 위에 누워 자살했다. 그가 누웠던 철길 옆으로는 바다가 내려다보였다. 봄이었으니 바닷가 철길 옆으로 꽃들이 해사하게 피었을 것이다. 그때 그는 책 네 권을 지니고 있었다고 한다. 『신구약성경』, 헨리 데이비드 소로의 『월든』, 위대한 탐험가 토르 헤위에르달이 뗏목 하나로 태평양을 항해한 기록집 『콘티키』 그리고 『조지프 콘래드 전집』. 이 책들의 공통점은 묘하게도 바다와 연관됐거나 자신만의 지상낙원 혹은 천국을 갈구하는 내용이다. 하이쯔가 찾으려던 그만의 지상낙원은 어디였을까?

어릴 적 먼 길을 오가며 초등학교에 다녔다. 마을을 오가는 버스가 하루 두 차례뿐이던 깡촌이었다. 아침 7시께 집을 나서서 굽이굽이 산길과 물길을 건너 족히 두 시간은 걸어야 했던 등굣길. 하굣길도 마찬가지였다. 지금 생각해 보면 그 시절은 날마다 같은 길을 오가야 하는 강제 도보 여행과도 같았다. 나름 험난한 학교로의 여행길이 지루하지 않았던 건 나만의 천국이 있었기 때문이다. 간단한 문구류와 대부분 불량식품인 조잡한 간식거리 그리고 질 나쁜 종이에 인쇄된 출처 불명의 동화책을 팔던 잡동사니 '점방'이 바로 나의 천국이었다. 그곳은 문방구이자 과자 가게이자 서점인 만능 점방이었다.

엄마에게 온갖 거짓말을 하며 받아 낸 푼돈 몇십 원을 모아 국화빵이나 구슬과자, 쫀득이 같은 불량식품을 사 먹는 재미가 쏠쏠했다. 하지만 가장 큰 재미는 책을 사 읽는 일이었다. 조악하기 그지없는 파란색 표지를 뒤집어쓴, 출판사도 작가도 표기되지 않은 출처 불명의 동화책 중에는 『타잔』, 『안데르센 동화』, 『이상한 나라의 앨리스』 같은 세계 고전 명작도 있었다.

용돈을 모아 다음번 새 책을 살 수 있을 때까지, 파란색 표지가 너덜너덜해지도록 읽고 또 읽었다. 어릴 때부터 타고난 독서광이어서가 절대 아니다. 첩첩산중 산골 마을 학교에는 도서관도 없었고 지금처럼 스마트폰이나 게임기가 있는 것도 아니었으니, 그 시절 우리는 무슨 재미로 학교에 다녔을까. 걷는 재미를 알 나이도 아니고, 고작해야 친구들과 하는 독작기(공기) 놀이나 딱지치기, 말뚝박기 같은 몸놀이 말고 달리 뭐가 있겠는가. 마을에 텔레비전도 많이 보급되지 않았고, 기차는커녕 버스도 맘대로 타지 못하는 처지라 다른 세상을 향한 호기심을 채울 수가 없었다. 가 보지 못한 저 산 너머 세상을 향한 내 허기진 호기심을 채워 줬던 것은 파란색 표지로 불법 인쇄된 명작 동화책뿐이다. 지금 생각하면 산골 학교 앞 만능 점방은 내 인생의 첫 서점이자 다른 세상으로 향하는 상상의 문지방이었다.

초등학교 후반기는 서울에서 다녔다. 그것도 무려 강남 대치동에서 말이다. 그 시절 강남은 지금 모습과는 딴판이었다. 허허벌판에 난잡한 시장통과 더러운 개천이 한데 섞여 있던 '개발 전' 서울 변두리 동네였다. 집과 학교를 오가는 길목에는 은광여고가 있었고, 은광여고로 올라가는 골목 입구에는 오래된 터줏대감 같은 동네 서점이 있었다. 그 일대에선 규모가 가장 큰 서점으로 각종 문제집과 참고서부터 동서고금 명작, 최신 베스트셀러까지 다 파는 종합 서점이었다. 나는 하굣길마다 그곳을 집처럼 드나들었다.

책을 사지 않아도 주인아줌마가 지청구하지 않아서 날이 어둑해질 때까지 한참 동안 책을 구경하다 왔다.

그곳은 나에게 세상에는 '서점'이라는 천국 같은 장소가 있다는 걸 알려 준 최초의 서점이었다. 그 천국에는 시간이 주는 무료함과 지루함이 없었고, 배고픔도 참을 수 있을 정도로 재미있는 이야기가 널려 있었다. 게다가 새로운 세상에서 벌어지는 온갖 신기한 이야기가 넘쳐났다. 나중에 커서 혼자 여행을 떠나면서 여행의 재미를 알았지만, 어린 시절 나에게 서점은 기차와 비행기를 타지 않고도 멀리 있는 미지의 세상을 여행하게 하는 상상 여행사였다.

중국에 와서 생애 첫 타국살이를 시작한 뒤, 서점은 나에게 또다시 천국보다 더 가까운 천국이 되었다. 낯선 언어와 낯선 사람들 사이에서 낯선 문화를 받아들이며 산다는 건 모든 오래된 습관과 고통스러운 작별을 해야 한다는 뜻이다. 하루에도 수십 번 '하얀 쌀밥에 김치'를 떠올리며 괴로워했지만 가장 큰 고통은 모국어로 된 책과 신간을 바로바로 읽을 수 없다는 것이었다. 주변이 온통 알아들을 수 없는 괴성으로 다가올 때의 공포와 외로움은 그 괴물 같은 언어가 들리고 읽히는 순간부터 차츰 순화됐다. 그 언어가 친숙해져서 제법 책을 읽을 정도가 되었을 때, 중국이라는 낯선 괴물은 '친애하는 당신'으로 다가왔다.

　중국어 해독이 가능해진 뒤 나의 가장 '친애하는 당신'은 (지금도 그 자리에 있는) 베이징대학 앞 완성수위안萬聖書園이었다. 집에서는 제법 먼 거리였지만, 당시 베이징에서 가장 유명한 지식인들의 집합소이자 지식의 보물창고 같은 곳이라 일주일에 서너 번은 방문했다. '독서를 통한 해방'을 모토로 내걸었던 그곳에서 지금은 작고한 베이징대학 지셴린 교수도 만났고, 서점 창업자이자 중국 서점계 거두 류쑤리 선생이 직접 책을 계산해 준 적도 있다. 또한 그 서점에서 중국 문화대혁명과 충격적인 조우도 했다. 당시 한국에는 제대로 소개된 책이 없어서 자세한 내막을 몰랐던 문혁 관련 기록문학을 보았을 때의 충격은 눈알이 튀어나올 정도여서, 한동안 완성수위안에서 살다시피 하며 문혁 관련 책을 수집하기도 했다.

　지금은 홍콩이나 타이완 등에 가지 않는 이상 불가능한 일이 되어 버렸지만, 당시 완성수위안에 가면 마오쩌둥과 중국 혁명에 얽힌 금서에 가까운 책도 어렵지 않게 구할 수 있었다. '인민의 벗'으로만 각인되던 저우언라이나 류샤오치 등 혁명 원로들의 드러나지 않은 비사를 담은 책을 볼 수 있었던 곳도 완성수위안이다. 중국 내에 비판적 지식인들의 살롱 같은 곳이 존재한다는 사실도 완성수위안에서 알게 되었다.

돌이켜 보면, 그때는 지금 시진핑 시대 중국과는 비교되지 않을 정도로 자유롭고 비판적인 사고가 조금은 가능했던 시절이다. 나의 중국 읽기가 시작되고 '독서를 통한 (중국에 대한 좁은 인식에서) 해방'이 이루어진 곳도 완성수위안이다. 베이징에서 완성수위안이 사라진다는 건 곧 나의 '친애하는 당신'이 사라지는 것이고 중국에서 쌓인 귀중한 독서의 추억 한 귀퉁이가 사라진다는 것이다.

그사이 무수한 세월이 흘러 지금 중국은 세계 정치·경제의 거대한 거인으로 자랐다. 하지만 '나의 친애하는 당신들'은 서서히 사라졌거나 사라지고 있다. 완성수위안도 당국으로부터 줄기차게 괴롭힘을 당하는 중이다. 거리 미관을 해친다는 이유로 서점 간판도 못 달게 하거나 걸핏하면 트집을 잡아 영업 중단 협박을 하기도 한다. 사라지는 것은 서점만이 아니다. 시간이 거꾸로 흘러 봉건 전제 군주 시대로 돌아간 듯 중국에서는 갈수록 금서가 늘어나고 지식인의 비판적 사고와 생각의 자유도 점점 억압하고 있다.

하이쯔가 자살하지 않고 지금까지 용케 살았다 할지라도 우울증이나 실어증에 걸려 시 쓰기를 포기했을지도 모르겠다. 살아남은 자들일지라도 '독서를 통한 해방'의 사유와 언어를 상실당한 중국에서 오늘을 산다는 건 절대 행복하지만은 않은 일이다. 그래서 하이쯔가 당장 오늘부터가 아닌, '내일부터는 행복한 사람이 되어야지'라고 소망했는지도.

나는 오직 당신만 생각합니다.
"누나, 오늘 밤 나는 더링하에 있습니다. 어둠이 짙어 갑니다.

(……)

여긴 비 내리는 황량한 성에 앉아 있는 것 같습니다.

(……)

누나, 오늘 밤 나는 인류에 관해서는 관심이 없습니다.
나는 오직 당신만 생각합니다.

— 하이쯔, 「1988년 7월 25일,
기차를 타고 더링하를 지나며」, 『일기』에서

나도 오늘은 인류에도 중국에도 관심이 없다. 오직 '친애하는 당신들'만 생각하는 중이다. 꽃피는 봄날, 바다를 향해 서서……. ○

⑳ 내일부터는 행복한 사람

사람과 책을 잇는 여행
: 어느 경계인의 책방 답사로 중국 읽기

2020년 12월 24일   초판 1쇄 발행

지은이
박현숙

펴낸이	펴낸곳	등록
조성웅	도서출판 유유	제406-2010-000032호 (2010년 4월 2일)

주소
경기도 파주시 책향기로 337, 301-704 (우편번호 10884)

전화	팩스	홈페이지	전자우편
031-957-6869	0303-3444-4645	uupress.co.kr	uupress@gmail.com

	페이스북	트위터	인스타그램
	facebook.com /uupress	twitter.com /uu_press	instagram.com /uupress

편집	디자인	마케팅
전은재, 조은	이기준	송세영

제작	인쇄	제책	물류
제이오	(주)민언프린텍	(주)정문바인텍	책과일터

ISBN 979-11-89683-79-5 03810

이 도서의 국립중앙도서관 출판시도서목록(CIP)은 서지정보유통지원시스템
홈페이지(seoji.nl.go.kr)와 국가자료공동목록시스템(nl.go.kr/kolisnet)에서
이용하실 수 있습니다.(CIP제어번호: CIP2020053138)

이 책에 실린 사진의 원저작권자를 찾기 위해 백방으로 애썼으나 원저작권자의
허가를 확보하지 못한 채 출간하였습니다. 유유는 저작권자가 확인되는 대로
원저작권자와 최선을 다해 협의하고 합리적인 비용을 치르겠습니다.